등장인물

요시키

어느 시골 마을의 고등학생.
히카루와는 죽마고우.
생김새는 똑같지만 히카루가
무언가로 바뀌었다는 사실을
혼자 끌어안고 있다.
아버지, 어머니, 여동생의 4인 가족.

생일 4월 20일
신장 175cm

히카루

요시키의 죽마고우인
히카루의 모습을 하고 있으나
안에 든 것은 사람이 아닌 무언가.
반년 전 마을의 「출입금지 구역인 산」에서
행방불명된 히카루 대신 나타났다.
생김새도 성격도
히카루 그 자체지만―?

생일 3월 20일
신장 165cm

히카루가 죽은 여름

누카가 미오

모쿠모쿠렌
원작·일러스트

목차

제5장 겨우 숨이 트였다	007
제4장 히카루가 아른거린다	011
제3장 사랑스럽다고 여기고 만다	037
제2장 어쨌든 히카루니까	073
제1장 언제나 히카루였다	099
프롤로그	125
에필로그	153
작가 후기	162
원작자 후기	166

프롤로그

 죽는갑다.

 코끝에 떨어진 차가운 빗방울을 느끼고, 인도우 히카루는 천천히 눈을 떴다.

 새까만 나무들 사이로 빗방울이 끝없이 떨어졌다. 먹을 푼 것 같은 하늘은 까맸고, 으르렁거리는 듯한 바람 소리가 멀리서 들려왔다.

 무거운 눈꺼풀을 드니 눅진한 무언가가 눈에 들어왔다. 어떻게든 눈을 깜빡이자 시야가 빨갛게 물들었다. 어둠 속에서도 기묘하리만큼 선명한 빨간색이었다.

 아아, 진짜가. 낸 죽는갑다. 확실하게 그리 생각했다.

 몸 곳곳의 뼈가 부러졌다는 것을 알 수 있었다. 손발의 감각이 아주 멀게 느껴졌음에도, 자신의 다리가 말도 안 되는 방향으로 꺾여서 널브러져 있는 것만큼은 알 수 있었다.

 비를 맞은 조릿대풀의 이파리 끝이 뺨에 닿았다. 따끔한 통증을 히카루는 간신히 인식했다. 젖은 흙과 닿은 부분부터 몸이 점점 차가워졌다. 생명을 점점 빼앗긴다.

 설마 이렇게 죽을 줄이야. 산길에서 여자 몸처럼 생긴 나무를 발견하고, 거기에 정신이 팔려서 미끄러지고— 아무리 밤길이었다지만 이렇게 죽는 건 아니다. 너무 바보 같은 죽음이다.

심플하게「낸 바보가」라며 웃어넘기고 싶었지만, 목에서는 꺽꺽거리는 소리만 날 뿐이었다.

가장 먼저 아빠를 생각했다. 인도우 가문의 인간으로서 해야 할 일을 완수하지 못한 걸 사과했다. 다음으로 엄마를 생각했다. 엄마 마음을 또 아프게 하고 싶지 않았는데……. 진심으로 그렇게 생각했다.

아무도 슬퍼하지 않았으면 좋겠는데. 그럴 수 없다는 것을 알기에 바라고 말았다.

마지막으로 죽마고우를 생각했다. 사리 분별이 가능해졌을 때부터 함께 있었다. 자아가 싹튼 순간부터 옆에 있었다. 그러한 죽마고우를 생각했다.

내가 죽으면 금마, 외톨이가 되뿐다 아이가. 그렇게 생각했더니 붉게 물든 시야가 일그러졌다. 뺨을 적시는 빗방울의 감촉도 찬기도 아득히 멀어졌다.

외톨이로 만들고 싶지 않다. 토해 낸 숨은 하얗게 물들어 빗방울에 지워졌다. 시야가 또 붉게 물들었다. 피의 빨간색과 밤하늘의 먹색이 뒤섞여, 거대한 손이 자신에게 다가오고 있는 것처럼 보였다.

꿈틀거리며 그 손이 다가왔다. 히카루는 그것을 향해 손을 뻗었다. 그렇게나 멀게 느껴졌던 감각이 오른손에 돌아와서, 그 순간

만큼은 손끝이 타는 듯이 뜨거워졌다.
 지금은 누구라도 좋다고 생각했다.
 나를 대신해 그 녀석 곁에 있어 준다면, 누구라도 좋았다.

제1장 언제나 히카루였다

1

 이 마을의 매미는 찌르르찌르르 운다.
 잠시도 쉬지 않고 여름 내내 찌르르찌르르 운다. 멀리 떨어진 지역이나 도시의 매미가 어떻게 우는지, 츠지나카 요시키는 모른다.
 찌르르찌르르찌르르찌르르, 찌르르찌르르찌르르찌르르.
 요시키가 나고 자란 곳은 여름이 되면 정신이 나갈 정도로 이 소리가 넘쳐 났다.
 "아줌마, 아이스크림 살게요~."
 교복 와이셔츠의 가슴 부분을 거칠게 펄럭거리며 냉동고의 뚜껑을 연 히카루가 가게 안쪽을 향해 외쳤다. 뒤늦게 「그래~」라는 목소리가 돌아왔다.
 냉동고의 냉기를 얼굴에 맞고 「하~ 시원하다」라며 표정을 푼 히카루는 직후 「근데 아이스크림 이게 다야?」라며 눈썹을 찌푸렸다.
 "그러게. 빠삣코밖에 없잖아."
 여긴 항상 이렇다며 요시키는 앞머리를 쓸어 올렸다. 눈썹을 지나 눈까지 덮을 만큼 자란 앞머리는 땀에 푹 젖어 있었다.
 햇빛을 받아 색이 바랜 캡슐토이 기계와 자판기, 판매품인지 아닌지 알 수 없는 물건이 잡다하게 진열된 선반. 잡지 코너에 놓인

주간 만화 잡지만이 멀끔한 새것이었다. 이 「야마히사」라는 가게는 오랜 세월 이용했어도 막과자 가게인지 상점인지 여전히 구별이 되지 않았다.

게다가 가게 주인인 야마히사 아줌마는 연령 미상으로, 요시키가 어렸을 때부터 외모가 변함이 없었다. 요괴가 틀림없다고 요시키는 남몰래 생각하고 있었다.

"아이스크림이 있기는 개뿔. 그리고 『짱짱한 아이스크림』은 뭔데?"

야마히사 앞에 걸린 팻말에는 「짱짱 언 아이스크림 있습니다」라고 적혀 있지만, 어떻게 봐도 「짱짱」으로 읽혔다. 어제오늘의 일은 아니었다.

기억 속의 가장 오래된 야마히사에도 이 「짱짱」 팻말은 걸려 있었다. 그 기억 속에도 인도우 히카루는 있었고, 지금처럼 한 봉지에 두 개가 들어 있는 튜브 아이스크림을 뚝 분리하여 요시키에게 내밀고 있었다.

그리고 그 기억 속에서도 매미는 찌르르찌르르 울었다.

"그나저나 하라쌤, 이 땡볕에 마라톤을 시키다니."

가게 앞에 있는 벤치에 앉아 튜브 아이스크림의 꼭지를 뜯었다. 이어서 히카루가 앉자, 오래된 벤치가 덜컹거리며 좌우로 흔들렸다.

언제부터였을까. 대체 언제부터 이 벤치는 이렇게 덜컹거리게 됐을까.

"완전 고–문이었지."

"히카루, 고문의 발음이 와그라노? 그래 말하면 「고오문」처럼 들린다이가. 항문이랑 같은 억양이라고."

아이스크림은 이미 약간 녹아서 살짝 빨아도 내용물이 쑥 올라왔다. 저 냉동고, 슬슬 수명이 다 된 걸지도 모른다.

새로 사는 게 낫지 않을까. 그런 생각을 했을 때, 찌르르찌르르 소리가 불현듯 가까워졌다.

"맞네맞네. 고문…… 고문이란 말이제. 조심하께."

웃으며 아이스크림을 빠는 죽마고우의 옆모습을 보고 있으니 그 소리는 더 커졌다. 히카루의 색소가 부족한 머리카락이 햇빛을 받아 하얗게 빛나는 것처럼 보였다.

그날 봤던 번개가 눈앞에 되살아나서— 그래서 물어보고 말았다.

"야, 니 진짜로 산에서 일주일이나 행방불명됐던 거 기억 안 나나?"

"음~ 전혀."

요시키가 사는 마을(村)은 쿠비타치라는 이름이었다. 옛날에는 정말로 행정 구역도 촌(村)이었지만, 지금은 키보우가야마정(希望ヶ山町)과 합병됐으니 정확히는 촌이 아니었다.

그래도 주민들은 쿠비타치 마을이라고 생각했고, 자신들이 사는 곳을 「마을」이라고 불렀다.

쿠비타치는 삼면에 위치한 산으로 둘러싸여 있었다. 니사산(舟砂山), 마츠산(松山), 카사산(笠山), 후타카사산(二笠山)이라고 저마다 이름이 있고, 산에서 흐르는 강 쪽에 점점이 민가가 있는, 마치 마른 낙엽처럼 적적한 취락이었다. 인구도 200명쯤밖에 안 됐다.

니사산에서 히카루가 행방불명된 것은 약 반년 전— 1월 말이었다. 천둥이 치며 비가 거세게 내리는 날이었다.

마을의 어른들이 총출동하여 찾았는데도 발견하지 못했다. 그러다 일주일이 지나, 그는 홀연히 돌아왔다.

심지어 행방불명됐던 일주일 동안에 있었던 일은 전혀 기억하지 못한다고 했다.

그대로 봄이 되고, 여름이 되었다. 히카루가 행방불명됐다고 들은 그날, 자신이 뱉었던 숨이 새하얬던 것을 떠올리자 자연스럽게 한숨이 나왔다.

"반년이 지나도 안 떠오르나 보네."

"개안타이가? 진짜 언제까지 그 소리 할 낀데?"

괜찮을 리가 있냐. 개를 억지로 엎드리게 하는 것처럼 히카루의 머리를 꾹 누르며 요시키는 말했다. 히카루는 「머리 누르지 마!」라고 하면서도 정말로 싫어하지는 않았다.

"다들 얼마나 걱정했다고."

"내가 없어서 쓸쓸하드나?"

안 그래도 얇은 눈을 바늘처럼 가늘게 뜨고서 히카루는 웃었다. 히죽거리는 소리까지 들렸다.

"아니, 딱히."

"뻥치시네. 『날 혼자 두지 마, 히카루~』하고 울었겠지."

손으로 눈꼬리를 내려 우는 얼굴을 만든 히카루의 머리를 「까불지 마」라며 한 번 더 눌러 줬다. 「내보다 크다고 툭하면 이러더라……」라는 히카루의 중얼거림을 듣고, 정말 그렇다고 생각했다.

요시키는 히카루보다 키가 컸다. 그래서 히카루가 까불 때는 항상 이렇게 대응했다. 당연하게 그래 왔다.

"야, 내 뭐 하나만 물어봐도 되나?"

찌르르찌르르. 찌르르찌르르. 소리가 또 가까워졌다. 귓가에서 아우성치는 그 소리는 어느새 요시키의 머릿속에서 울리고 있었다.

"뭔데? 사랑 고백이라도 할라고?"

"뭐래냐."

그래, 절대 아니다.

"이건 방금 떠오른 건 아니고— 니가…… 행방불명됐다가 돌아온 뒤로 줄곧 생각했던 건데."

1월 말의 추위가 팔뚝에 되살아났다. 뺨에 땀이 흐르는데도, 반소매 와이셔츠 아래, 옆구리 부근에 소름이 돋았다.

1월의 한기도, 2월의 강추위도, 3월의 누그러짐도, 4월의 포근함도 5월의 햇볕도 6월의 눅눅함도. 그날 이후의 모든 온도가 피부를 타고 올라왔다.

"니, 역시, 히카루 아이제?"

천천히 히카루를— 히카루가 아닌 무언가를 보았다. 앞머리가 블라인드 같은 역할을 하고 있는데도 그의 표정은 선명하게 보였다.

히카루와 판박이인 얼굴로 그는 「어?」라고 말했다. 기나긴…… 너무나도 긴 침묵이 흘러서 시간이 멈춰 버린 것이 아닌가 하는 착각마저 들었다.

하지만 매미는 찌르르찌르르 계속 울고 있었다.

"어째서?"

그가 중얼거린 순간, 그의 왼쪽 눈에서 길쭉한 무언가가 주르륵 기어 나왔다. 그 수는 점점 늘어나 광대뼈와 눈가부터 피부가 흐물흐물 무너지며 넘쳐흘렀다.

"완벽하게 모방했을 낀데……."

눈에 앞머리가 들어가서 그런 거라고 생각하고 싶었다.

하지만 아무리 눈을 깜빡여도 그것은 사라지지 않았다.

까만 듯한, 파란 듯한, 빨간색으로도 초록색으로도 보였다. 오늘 아침 등교하면서 봤던, 차에 치여 말라 버린 생쥐 같기도 했고, 누군가가 낚아서 그대로 냇가에 버린 물고기의 비린내 나는 비늘 같기도 했고, 비에 젖은 진흙과 차가운 조릿대풀 같기도 했다.

"부탁할게. 아무한테도 말하지 마."

목소리를 내려고 했으나, 메스꺼움으로 바뀌었다.

그가 요시키의 몸으로 손을 뻗었다. 투박한 손목시계를 찬 오른손. 오른손잡이면서 오른쪽에 손목시계를 찬 인도우 히카루의 손이 다가온다.

그의 내용물로 시야가 뒤덮이고, 위액의 신맛이 속에서 슬금슬금 올라왔다.

"난생처음 사람으로 살고 있데이. 학교도 친구도 아이스크림도 전부 처음이라 즐거웠고. 몸도 인격도 빌린 거지만, 니가 정말 좋다."

화가 날 만큼, 눈앞에 있는 그에게서는 히카루와 똑같은 냄새가 났다. 땀이 난 손바닥의 감촉조차 히카루였다.

어째서 그 손이 떨리고 있을까. 그 떨림은 자신의 떨림일까, 이 녀석의 떨림일까.

"그러니까 제발……. 니를 죽이고 싶지 않다."

매미 소리는 어딘가로 가 버렸다. 자신의 얕은 숨소리가 귀를 덮었고, 그 너머에서 「이 녀석은 가짜다」라는 소리가 들렸다.

앞머리 너머로 그의 옆얼굴이 보였다. 무너져서 내용물이 흘러나온 쪽이 아니라, 깨끗한 인도우 히카루의 옆얼굴이 보였다.

왜 그 눈에서 눈물이 흐르고 있는 걸까. 자신의 왼쪽 눈에서도 비슷하게 흐르는 눈물의 의미를 생각하며, 요시키는 크게 숨을 들이마셨다. 히카루의 냄새가 났다.

"알았다."

어차피 히카루는 이제 없다.

그렇다면.

"알았다……. **히카루**, 잘 부탁하게."

*

작년 여름이었던 것 같다.

히카루네 집 다다미방에서 게임을 하고 있었다. 확실히 여름이었다. 목덜미에 들러붙는 것 같은 더위와 다다미의 은은한 냉기, 물방울이 맺힌 보리차 잔이 생각났다.

요시키가 「야, 히카루」라고 불러도 그는 텔레비전 화면에서 눈을 떼지 않았다.

"닌 고등학교 졸업하면 뭐 할 건데?"

그렇게 물어보자 그제야 히카루는 게임하던 걸 멈추고 요시키를 보았다.

"딱히 생각해 둔 건 없는데. 아마 힐아비지의 표고버섯 농사를 물려받을걸? 요시키야말로 뭐 할 건데?"

"내도 잘 모르겠다."

이 마을을 나가고 싶다는 생각만큼은 예전부터 있었다.

산에 둘러싸여 있고, 주민들이 서로를 이름이 아니라 상호로 부르는, 좋은 의미로도 나쁜 의미로도 사람 간의 연결이 깊은 이곳을— 바깥세상이 아무리 바뀔지언정 지구가 멸망할 때까지 아무것도 바뀌지 않을 이 마을을, 탈출하고 싶었다.

"닌 머리가 좋잖아. 이런 촌 동네 나가서 도쿄에 있는 대학 가면 되겠네."

두 개가 함께 들어있는 튜브 아이스크림을 떼어내는 듯한 말투라서 일순 말문이 막혔다.

자신들이 나고 자란 이 좁아터진 쿠비타치 마을과 도쿄는 너무 멀었다.

히카루는 그런 요시키의 반응을 놓치지 않았다.

"뭔데? 혹시 내랑 떨어지기 싫나?"

아무 말도 안 했는데 히카루는 웃었다. 일부러「푭푭푭~ 징그러~!」라고 소리까지 내며 웃었다.

순간적으로 「죽고 싶나?」라고 대답했다.

"만약에 내가 도쿄에 있는 대학에 간다면 자취하겠지."

"좋네~ 부럽다."

그렇게 말하면서도 히카루는 자기도 도쿄에 가겠다는 말은 하지 않았다.

도쿄에 놀러 가서 똥 마려우면 요시키의 집에 가겠다는 둥, 공중화장실처럼 사람이 많은 곳에서 똥을 쌀 수는 없다는 둥, 밖에서 똥 살 수 있는 건 세 살까지, 그러나 지금도 불가능하진 않다는 둥— 그런 시답잖은 얘기만 했다.

"아니면 니가 도쿄에서 예쁜 여친을 사귀어도 집에 못 데려올 만큼 눌러앉아아주까?"

그런 주제에, 하필 그런 얘기는 했다.

"여친 따위 생길 리 없잖아."

"뭐냐? 이런 얘기 하면 맨날 언짢아하네."

여친 정도는 생기겠지— 히카루는 웃으면서 그렇게 말하고선 다시 텔레비전 화면을 보았다. 이야기는 거기서 끝났다.

다음으로 나타난 히카루는 겨울용 교복을 입고 있었다. 키보우가야마 고등학교의 동복은 남자는 검은색 가쿠란이고 여자는 검은색 세일러복이었다. 그래서 그런지 겨울철의 복도는 한층 검게 보였다.

그날 복도는 추웠다. 어깨뼈 근처에서 냉기가 스며들었다.

"히카루."

무슨 용건이 있었는지, 요시키는 히카루의 어깨를 두드렸다.

"아, 요시키네. 뭔 일 있나?"

"이번 주말 말인데—."

맞다. 주말에 뭔가 있었다. 아무리 생각해도 기억나지는 않았다.

"아…… 그날은 안 된다. 산에 갈 거라서."

"산? 왜?"

처음에는 히카루의 할아버지가 하는 원목 표고버섯 재배를 도와주러 가는 건가 싶었다. 하지만 산에 간다는 히카루의 말이 묘하게 의미심장하게 느껴졌다.

"그건 말이지."

히죽 웃은 히카루는 「비밀이지롱~」 하고 담임인 하라쌤의 얼굴을 흉내 냈다. 취한 너구리 같은 그 얼굴을 히카루는 잘 흉내 냈다.

그때 자신은 웃었던가. 그게 뭐냐며 어이없어했던가. 이제는 생각나지 않는다.

그렇게 산에 간 히카루는 행방불명되었고, 일주일 후에 돌아왔다.

침대 위에서 몸을 웅크린 상태로 눈을 떴다. 환한 햇빛이 등에 닿아서, 어젯밤 커튼을 치지 않고 잠들었음을 깨달았다.

꿈이었다. 히카루가 제대로 히카루였을 적의 꿈이었다.

그나저나 마지막으로 본 얼굴이 하라쌤 흉내라니…… 시답잖다. 웃어 버리고 싶었는데, 요시키는 그대로 침대에 얼굴을 묻었다. 숨을 멈춰도 목의 떨림은 가라앉지 않았다.

대충 던져 둔 위약의 PTP가 머리맡에 놓여 있었다. 약을 먹기 위해 마셨던 물이 든 페트병은 침대 밑에 굴러다니고 있었다.

계단을 뛰어 올라오는 발소리가 들렸다. 몇 초 후, 엄마가 요시키의 방문을 거칠게 노크했다.

"요시키! 아침 머으래도!"

그런 호통이 날아들어도 당장은 움직일 수 없었다. 끝내 엄마가 침대에서 요시키를 끌어냈고, 앞머리가 너무 길다는 잔소리를 들으며 아침밥을 흡입했다.

"아이참, 히카루가 기다리잖니! 얼른 학교 가!"

교복으로 갈아입자 그대로 현관에서 쫓겨났다. 찌르는 듯한 햇볕에 눈이 타 버릴 것 같았다. 매미는 오늘도 찌르르찌르르 시끄러웠다.

히카루는 지금까지 오랫동안 히카루가 그랬던 것처럼 현관 앞에서「안녕」이라고 말하며 웃고 있었다.

"오, 오늘 아침에 엄마가……."

조금 멋쩍어하는 것처럼 보이는 건, 조금 쭈뼛거리는 것처럼 보이는 건, 어제 일이 있었기 때문일까.

"바보가? 시간 없으니까 얼른 학교 가자."

―늦겠다.

그렇게 말하자 히카루는 유순한 얼굴로 고개를 끄덕였다. 안심한 걸까. 요시키가 자신을 예전처럼 대해서 안심한 걸까.

"응. 하라쌤한테 혼나기는 싫다."

"그럼 더 서둘러야지."

나란히 자전거를 밀며, 논밭에 둘러싸인 오래된 좁은 길을 걸었다. 쿠비타치 마을에는 전철이 다니지 않았고, 버스는 있으나 통학하는 데 쓸 만한 노선이 없었다.

히카루와 함께 자전거로 한 시간 이상 걸려서 키보우가야마 고등학교에 다닌다. 그게 당연한 일상이었다.

산간에 돌담을 층층이 쌓아 만든 논밭에서는 늘 눅눅한 흙냄새와 거름 냄새가 났다. 통학로인 이 길만 그런 게 아니었다. 쿠비타치는 어디든 다 그랬다.

여름은 매미 소리가 시끄럽다. 강렬한 햇빛에 탈색됐는지, 집도 농막도 자동차도 도로 표지판도 전봇대도, 돌담에서 기어 나오는 벌레와 뱀도, 어딜 봐도 흙먼지를 뒤집어쓴 것처럼 색이 희끄무레했다.

노인이 많고, 아이는 적다. 동갑내기는 히카루뿐이었다. 옆에 있던 것은 언제나 히카루였다.

그래, 히카루뿐이었다.

그러니 너의 정체가 뭐든 간에, 옆에 없는 것보다는……. 그렇게 생각해 버린다.

*

"이거, 우리가 가끔 먹은 그거제?"

야마자키의 멘치카츠를 손에 든 히카루는 마치 난생처음 멘치카츠를 먹는 어린아이 같은 표정을 지었다.

기름이 밴 포장지를 양손으로 조심스레 잡고서 천천히 입을 벌리고 베어 물었다. 정말로 난생처음 멘치카츠를 먹는 얼굴을 하고 있었다.

갈색 튀김옷이 바삭 소리를 내자, 흐릿하게 김이 올라오고 금색 육즙이 은은하게 빛났다. 히카루는 곧장 「와아아앗!」 하고 외쳤다. 「목소리 겁나 커」라고 요시키가 중얼거려도 아랑곳하지 않았다.

"맛 죽이네! 완전 바삭바삭! 아니, 물론 아는 맛이지만."

요시키는 자신의 멘치카츠를 우물거리며 히카루의 호들갑스러운 반응을 바라보고 있었다.

확실히 맛있을지도 모르지만, 특별한 멘치카츠냐고 묻는다면 그렇지도 않았다. 고등학교 옆에 있는 평범한 「고기반찬가게 야마자키」의 평범한 멘치카츠였다. 아마 레시피에 특별한 점은 전혀 없을 것이다.

"신기하네. 기억이 있는데도 새롭단 거제?"

"어, 맞다. 갖고 있는 기억은 완전히 똑같지만 실감이 안 나거든. 애초에 살았던 적도 없고. 이렇게 확실하게 자아를 가진 건 처음이다."

히카루는 이제 인도우 히카루인 척하지 않았다. 히카루지만 히카루가 아니라는 것을 요시키 앞에서 당연하게 말하게 되었다.

오늘 수업 중에 영화를 봤다. 이 영화를 보는 건 초등학생 때부터 헤아리면 이번이 다섯 번째인지라, 같은 반 학생들은 모두 책상에 엎어져서 잤다.

히카루만이 열심히 스크린을 바라보며, 남편에게 학대당하는 아내를 보고 「완전 불쌍해……」라며 울었다.

요시키가 조심조심 「왜 이 영화를 보면서 우는데?」라고 묻자, 히카루는 콧물을 훌쩍이며 「물론 기억에는 있거든? 하지만 내는 처음으로 보는 거라고」라며 대답했다.

영화와 멘치카츠. 기억에는 있지만 처음 접하는 것에 히카루는 눈을 반짝였다.

"하하…… 유령이냐고."

"글쎄. 유령이라. 확 와닿진 않네. 엄청난 괴물이란 건 확실하지만. 하하!"

웃으며 멘치카츠를 베어 무는 히카루를 흘낏 보고서, 「엄청난 괴물이라……」 하고 요시키는 어깨를 떨궜다.

튀김 냄새를 맡고 왔는지, 세탁소 뒤편에서 살찐 흰색 고양이가 불쑥 나타났다. 야마자키에서 거의 기르다시피 하고 있는 반 길고양이였다.

"오, 멘치 형님이네."

요시키가 중얼거리자 냐앙, 냐앙 하고 울며 다리에 비비적거렸다.

누가 멘치 형님이라고 이름을 지었는지는 모른다. 이 녀석은 먹이를 받아먹을 수 있다는 걸 아는지, 야마자키와 키보우가야마 고등학교 주변에 자주 출몰했다.

"이 녀석, 정육점에서 고기 받아먹고 살 더 찐 것 같은데?"

진짜네, 하고 말하며 히카루가 멘치 형님을 만지려고 했다.

고개를 든 멘치 형님은 즉시 온몸의 털을 곤두세우며 「샤아아아!」하고 울었다.

먹을 것을 든 인간에게는 언제나 애교를 부리는데, 금색 눈에서 뚜렷한 적의와 경계심이 보였다.

멘치 형님은 뚱냥이답지 않은 민첩함으로 세탁소 뒤로 사라졌고, 이에 히카루는 웃을 뿐이었다.

"저 고양이 저래 빨랐나! 몰랐네~."

멘치 형님이 사라진 방향을 가리키며 히카루가 물었다. 요시키는 아무런 맞장구도 칠 수 없었다.

"완전 쫄았던데. 혹시 내 때문이가? 멘치카츠 먹고 있었을 뿐인데, 서운하게!"

히카루는 어느새 멘치카츠를 다 해치운 뒤였다. 고작 그것뿐인 일에, 멘치 형님이 그렇게나 위협하는 건 처음 봤다는 사실이 더해지자 묘하게 섬뜩했다.

"……읍내에서 더 가 보고 싶은 데 있나? 한가한 패밀리 레스토랑이나 쇼핑몰밖에 없지만."

"어? 같이 가 주는 기가? 요시키는 변함없이 상냥하네……. 내 같은 녀석한테도."

"상냥한 건 아이다. 자신에게 무른 녀석일수록 타인을 쉽게 허락해서 글치."

맞다, 나는 결코 상냥하지 않다.

히카루 안에서 튀어나왔던 꺼림칙한 그것을 떠올리기만 해도 목이 콱 조여들고 구역질이 났다.

하지만 히카루와 똑같이 생긴 히카루에게 거절당하고 싶지 않았다. 그래서 히카루를 거절할 수 없었다.

그게 다였다.

"잘 몰겠지만, 내한테 상냥하다는 건 변함없다이가."

히카루가 가보고 싶다고 해서, 한가한 패밀리 레스토랑과 쇼핑몰, 그리고 겸사겸사 슈퍼와 약국이 있는 곳을 한 바퀴 돌았다.

전부 기억에는 있을 테고, 반년 동안 같이 몇 번 갔던 곳도 있다. 하지만 히카루는 히카루로서 그곳에 있는 것을 즐기고 있는 것 같았다.

고등학교가 있는 키보우가야마정은 그래도 번화한 편이지만, 해 질 녘이 되어 쿠비타치 마을로 돌아가니 매미 소리밖에 안 들렸다.

가을을 향해 자라고 있는 벼 이삭을 산에서 분 바람이 쓸고 가는 소리가 간신히 들릴 뿐이었다.

고등학교는 물론이고 슈퍼와 쇼핑몰, 영화관이 있는 키보우가야마정과 비교하면 이곳에는 아무것도 없었다. 있는 것이라고는 신사와 마을 회관과 면사무소…… 우체국, 파출소. 없는 것보다 있는 것을 세는 게 더 빠르다.

"아, 잠자리다."

자전거를 밀며 완만한 언덕길을 걸어가는데, 히카루의 자전거 경적에 잠자리가 한 마리 앉았다.

"여름좀잠자리네. 빨간 잠자리. 아직 그렇게 빨갛진 않지만."
"빨간 잠자리인가. 여름인데?"
"가을에 보이는 건 고추좀잠자리고. 이건 여름좀잠자리니까."
"흐응. 뭐가 다른데?"
"설명하기 귀찮은데. 여름좀잠자리와 고추좀잠자리는 거의 똑같이 생겼지만 다른 종이다."

말하면서 입안이 썼다. 히카루는 감탄한 모습으로 한숨을 쉬며 「흐음~. 역시 에밀이야」라고 말했다.

국어 교과서에 실려 있던 『공작나방』에서 따와 요시키에게 에밀이라는 별명을 지었던 사람은 대체 누구였더라.

요시키는 결코 모범 소년이 아니었고, 표본을 잘 만들지도 않았다.

그저 한때 인터넷으로 접한 어떤 정보의 영향으로 「그랬구나, 그랬구나」 하고 맞장구를 두 번 쳤더니 에밀이 되어 버렸다. 에밀이 실제로 「그랬구나, 그랬구나」라고 맞장구를 쳤는지 아닌지도 기억나지 않는데.

그런 것을 히카루는 제대로 기억하고 있었다.

점이 많은 요시키를 두고서 누군가가 「북두칠성 형태로 점이 있다」라고 퍼뜨렸고, 그 탓에 이상한 별명이 생긴 적도 있었다. 히카루는 분명 그것도 기억하고 있을 것이다. 모르지만 기억하고 있을 것이다.

히카루와 똑같이 생겼어도 히카루가 아닌 무언가.

무의식적으로 자전거 핸들을 움켜쥐고 있었다. 미쳤다. 이 녀석도, 이 녀석을 받아들이고 있는 나도. 손바닥에 땀이 났다. 진짜 저건 뭐냐고 소리치고 싶었다.

무서워, 무서워, 무서워. 나한테 왜 그러는데. 네가 줄곧 무서워.

그렇게 두려워하면서도 동시에 「하지만 혼자가 되긴 싫어」라고 생각해 버렸다. 누군가를 향해 죄송합니다, 죄송합니다, 하고 거듭 사과하면서도 생각해 버렸다.

"아! 맞다. 담에 니네 집에서 『마스터 마스터』 다음 권 읽어도 되제?"

요시키의 마음속 따위 모른다는 얼굴로 히카루가 태평하게 말했다.

"……어. 맘대로 해라. 어느 부분까지 읽었는데?"

"론이 섬을 나왔다."

"거의 안 읽은 수준의 초반부네."

모모타로 이야기였다면 할아버지는 산에 나무하러 가기는커녕 아직 집에서 이불 덮고 자고 있을 수준이었다.

"알았다. 담에 우리 집 오면 읽어라. 근데 3권은 없디."

"개안타. 그 정도는 어떻게든 되겠지. 그것보다도 왜 1권이 열한 권이나 있는지가 더 궁금한데."

그건 사정이 있어서……라고 말하려 했을 때, 전방에서 날카로운 목소리가 날아들었다. 불투명 유리를 손톱으로 드드득 긁는 듯한, 듣기 싫은 비명이었다.

이 한여름에 긴소매 운동복을 입고 길에 서 있던 것은 마쓰우라 할머니였다. 저녁이 되며 기온이 많이 내려갔는데도 이마에 진땀이 맺혀 있는 것이 이 거리에서도 보였다.

"아, 아아…… 으째서……."

말라비틀어진 건포도 같은 눈을 떨면서 이쪽을 보고 있었다.

정확히는 히카루를 보고 있었다.

"〈노우누키 님〉이, 내려와 있는 기고!"

뼈와 가죽만 남았다기보다 뼈와 주름만 남은 손을 덜덜 떨면서 외치는 마츠우라 할머니를 보고 히카루가「으억, 뭔데? 무섭게」라며 눈을 크게 떴다.

"히이익! 오지 마! 저리 가, 저리 가아아아!"

목소리는 결코 크지 않았다. 하지만 목소리 내는 법을 잊은 듯한 비틀린 소리였기에 자연스럽게 눈살이 찌푸려졌다.

"됐다, 신경 쓰지 마라. 이런 거 진짜 싫다니까……."

마츠우라 할머니가 이따금 저렇게 기괴한 말을 하며 밖을 돌아다니는 것을 마을 사람들은 모두 안쓰럽게 여기고 있었다.

요시키도 안쓰럽다고 생각은 하지만, 이렇게 얽히는 건 참기 힘들었다.

"간다."

흐트러진 백발을 정돈하지도 않고 떨리는 숨을 내쉬며 이쪽을 바라보는 마츠우라 할머니에게 요시키는 등을 돌렸다.「아, 같이 가」라며 히카루가 얌전히 따라왔다.

조금 돌아가게 되지만, 다른 길을 이용해 집에 가기로 했다. 매미 소리는 이제 들리지 않았고, 주황색으로 물든 논에서 개구리의

개골개골 대합창이 들려왔다.

　개골개골, 개골개골……

　히카루를 보고 「노우누키 님」이라고 하던 마츠우라 할머니의 얼굴이 뇌리에 새겨져서 지워지지 않았다.

　"야……."

　요시키의 집 앞에서 「내일 보자」라고 인사한 히카루에게, 요시키는 무심코 물었다.

　"히카루는 역시 죽은 거 맞제?"

　히카루의 눈은 보지 않으려고 했다. 그래도 앞머리 부근에서 히카루의 시선이 느껴졌다.

　진득한 침묵 끝에 그는 「응」 하고 고개를 끄덕였다.

　"이 몸은 맥도 뛰고 체온도 있지만, 진작에 죽었다."

　자신의 가슴에 손을 얹은 히카루가 나직이 중얼거렸다.

　진작에 죽었다. ─그 한마디가, 줄곧 묻지 못했던 것을 요시키의 안에서 끄집어냈다.

　"그건, 니가……."

　"그건 아이다! 내랑 조우했을 때는 이미 다 죽어 가고 있었다고. 틀림없다. 내가 기억하는 건 줄곧 산속을 헤매고 있었다는 거. 오랫동안 그렇게 헤매다 보니 더는 아무것도 느껴지지 않게 되고…… 줄곧 〈기계〉 같은 느낌이었다."

　히카루가 변명하는 것 같지는 않았다. 이 녀석이 히카루를 죽인 것은 아니다. 어렴풋이 그런 예감은 들었었다.

"그러다 〈히카루〉가 죽어 가고 있었고, 정신 차리고 보니 이렇게 되어 있었다."

"……니, 내 좋아하나?"

뜬금없는 질문을 듣고 히카루가 「어? 뭔데……」라며 숨을 삼켰다. 대답은 기대하지 않았다.

하지만 현관문을 잡은 요시키에게 히카루는 확실하게 「좋아하지」라고 했다.

이어서 말했다.

"엄청 좋아해."

히카루의 얼굴 반쪽에 석양이 비치고, 반대쪽은 검게 그림자가 져 있었다. 히카루의 표정은 절반만 보였다. 그래도 그가 미소 짓고 있다는 것은 알 수 있었다.

예전에는 그런 말 한마디도 안 했었지. 그런 본심을 삼키고서 요시키는 숨을 들이마셨다.

"그럼 **앞으론** 멋대로 사라지지 마래이."

히카루의 얼굴을 그 이상 보지 않았다. 현관문을 열고 손만 뒤로 돌려서 닫으니, 생각보다 큰 소리가 났다.

주황색이 번지는 불투명 유리문 너머에서 개구리가 개골개골 우는 소리만이 들렸다.

2

"오지 마! 오지 마아!"

마츠우라는 이불을 머리에 뒤집어쓰고 현관문을 향해 외쳤다. 자신의 내뱉은 숨이 이불 속에 자욱하여 코끝에 땀이 맺혔다.

유리문을 통과한 달빛이 현관의 마룻바닥을 어슴푸레하게 비췄다. 희미하게 나뭇결이 보였다. 뼈와 가죽뿐인 자신의 손이 그 위에서 덜덜 떨리고 있었다.

시각은 오전 0시를 지났다. 불을 모두 끈 자택은 어둡고 조용하여, 그녀의 얕은 숨소리만 들렸다.

그런데.

"마츠우라 씨~ 택배입니다~. 마츠우라 씨~?"

캄캄한 현관 너머에서 젊은 남자의 목소리가 들렸다. 그 목소리는 평소 택배를 배달해 주는 배달원 사토의 목소리와 달랐다.

모두가 잠든 밤, 쿠비타치 마을에 배달원의 발랄한 목소리만이 울리고 있었다.

"안 열 끼다……!"

목소리를 쥐어짜자, 이불이 뭔가를 건드려서 덜그럭 소리가 났다. 소금을 부어 둔 그릇이 엎질러졌다.

벽에 붙은 부적은 어둠 속에서 하얗게 빛나고 있었다. 빛나고 있는데, 목소리는 계속 들렸다.

"어라~ 안 계시나? 택배입니다~."

"이런 밤중에 택배가 올 리—."

읎다이가……! 그렇게 말하려고 했는데, 목이 떨려서 말을 완성하지 못했다. 후우, 후우. 숨을 깊이 마시지 못하고 식은땀만 뺨을 타고 흘러내렸다.

"집에 계시죠? 저도 택배를 건네드려야 하는데. 곤란하네."

마츠우라 씨~ 마츠우라 씨~.

목소리는 멈추지 않았다.

마츠우라 씨~ 마츠우라 씨~.

"마츠우라 씨이~."

아, 아, 아…… 더듬거리며 「안 들일 끼다」라고 말한 순간.

"이미 들어왔어요."

생글거리는 목소리가 뒤에서 들려왔다.

뒤돌아봐도 불 꺼진 복도가 있을 뿐이었다.

소리도 없이, 인기척도 없이, 그저 불 꺼진 복도가 있을 뿐이었다.

제2장 어쨌든 히카루니까

1

"응? 요시키, 내 진짜 부탁하께!"

책상을 끄는 드르륵 소리에 맞서듯, 마키 유우타가 애원했다.

청소 시간 특유의 텁텁하고 건조한 냄새가 교실에 휘도는 가운데, 사전에서「야구부」를 찾으면 샘플로 실려 있을 것 같은 훌륭한 반삭발 머리를 한 마키의 눈은 꽤 필사적이었다.

그래서 순간적으로「싫다……」라고 대답해 버렸다. 그 즉시 마키는「으에엑~!」하는 소리를 내며 다 옮긴 책상 위로 엎어졌다.

"그냥 잠깐 같이 가면 되는데! 어째서!"

"무서운 건 싫다고 했잖아."

그래도 마키가 포기하지 않아서 요시키는 빗자루를 든 채 눈을 피했다. 청소가 시작된 뒤로 이 대화만 벌써 세 번째였다.

"뭔데 그렇게 시끄러운데?"

아주 살짝 얼굴을 찌푸린 타도코로 유우키가 쓰레기봉투를 한 손에 들고서 다가왔다.

"뭔 일이고?"

요시키나 마키보다도 훨씬 낮은 어깨 위로 양 갈래 머리가 스르르 내려왔다. 어이없어서 한숨을 쉰 것처럼.

"내 있제, 항상 동문 쪽 산길을 지나서 아시도리로 돌아가거든?"

"아~ 그랬지."

키보우가야마 고등학교에 다니는 학생들은 모두 인근 중학교 출신이었다. 이런 외진 곳에 있는 평범한 현립 고등학교에, 멀리서 진학해온 사람은 거의 없었다.

쿠비타치 출신인 요시키와, 키보우가야마에 사는 유우키는 출신 초등학교는 다르지만 같이 키보우가야마 중학교를 졸업했고, 마키는 자택이 있는 아시도리 지구의 중학교 출신이었다.

마을이 내려다보이는 산 중턱에 지어진 키보우가야마 고등학교에서 아시도리로 가는 최단 루트는 마키가 말한 대로 동문 쪽 산길을 지난다.

"산길에 있는 터널이 지금 공사 중이거든. 그래서 평소에 안 쓰던 숲길을 지나야 하는데."

말을 멈춘 마키가 짧게 숨을 삼켰다.

"그 숲길이 진짜 완전 무섭다!"

뭐어? 하고 고개를 살짝 기울이려는 유우키에게 요시키는 「그래서 같이 가 달라고 이러네」라고 덧붙였다.

유우키는 이번에야말로 「뭐어?」라고 말하며 한숨을 쉬었다.

"김새긴……."

"그냥 무섭기만 한 게 아이다. 숲속을 볼 수가 없다니까. 뭐랄까, 길 외엔 눈을 못 돌리겠드라."

요점이 불분명한 설명에 유우키가 곤혹스러워하는데, 키 큰 여학생 한 명이 「헐~! 무섭다~!」라며 끼어들었다.

"완전 신경 쓰이는데!"

짧은 곱슬머리를 흔들며, 갓 튀긴 크로켓처럼 바사삭한 밝은 목소리로 「신경 쓰여, 신경 쓰여!」라고 거듭 말했다.

같은 중학교 출신인 야마기시 아사코는 유우키의 절친으로 키가 170센티미터나 되었고, 팔씨름을 이상하리만큼 잘했다.

"그래서, 그건 무서워서 못 보겠단 뜻이가?"

아사코가 몸을 쑥 내밀고서 묻자, 기분이 좋아진 마키가 청산유수로 말하기 시작했다.

"아니, 처음에는 안 무서웠다? 근데 숲속을 보려고 해도 어느새 길을 보고 있더라. 그러다 보니 무서워져 가지고. 그니깐 요시키, 같이 가 주라~."

또 이 소리였다.

"싫어. 더 무섭잖아."

"담력 테스트라고 생각하고 좀 가 주라!"

"담력 테스트…… 그런 건 가끔 오는 멍청한 관광객 말곤 안 하잖아."

키보우가야마정에는 의외로 심령 스폿이 많았다. 유명한 터널을 보려고 관광객이 올 정도였다.

"근데 요시키, 니 담력 테스트 잘하잖아? 저번에 갔을 때 장난 아니었는데."

"아니, 그건."

입을 열자 아사코까지 「혼자 스피드런하듯 움직였지」라며 웃었다. 그건 그냥 화장실 가고 싶어서 그랬던 거고, 실제로는 엄청 겁먹었었다…… 그런 변명을 하려고 했는데 가로막혔다. 그러던 차에, 지금 가장 끼지 않았으면 했던 녀석이 경쾌한 발소리와 함께 와 버렸다.

"뭔데? 재미있는 얘기 하고 있네!"

자기도 끼워 달라며 끼어든 히카루를 보고 마키도, 유우키도, 아사코도 「어?」 하며 눈을 크게 떴다.

오히려 히카루가 「어?」 하고 곤혹스러워하게 되었다.

"니…… 개안캤나? 히카루, 니 이런 거 젤 무서워하잖아."

마키가 조심조심 말을 꺼내자, 유우키가 「전에 공포 영화 보고 두 시간 기절했으면서」라며 고개를 끄덕였다.

「아……」 하고 뺨을 긁적인 히카루의 시선이 슬그머니 요시키에게 향했다.

"근데 요즘엔 괜찮아졌다."

—내 말 맞제? 요시키.

히카루가 굳이 동의를 구했다. 아사코가 히카루와 요시키를 번갈아 보더니 마지막으로 요시키를 보았다. 「아…… 응」 하고 말을 쥐어짜자, 결성됐다는 듯 마키가 웃었다.

"그럼 일단 요시키, 유우키, 아사코, 그리고 히카루까지제? 진짜 든든하네."

문득 주위를 보니 청소는 거의 끝나 있었다. 깔끔하게 정렬된 책상이 창문으로 들어오는 하얀 햇빛을 반사했다.

아사코와 유우키가 입은 세일러복의 빨간 스카프가 요시키의 눈에는 묘하게 선명하게 보였다.

"그럼 수업 끝나고 동문에서 보재이."

태평한 마키이 목소리아는 반대로, 그 후 종례를 위해 교실에 들어온 하라쌤은 무료한 얼굴을 하고 있었다. 무료하고, 살짝 끈적한 어조로 말했다. 히카루가 잘 흉내 냈던 바로 그 얼굴이었다.

하라쌤은 「종례 시작한다아—」라며 늘어지는 목소리로 호령하고서 이런 이야기를 했다.

"아~ 오늘 아침 쿠비타치 쪽에서 시체가 발견됐다. 범죄 사건은 아니라는 것 같아도 꽤 소란스러워. 경찰차를 보더라도 놀라지 말도로옥. 이상."

종이 울렸다. 전혀 비슷하지 않은 소리일 텐데, 오늘 아침 들렸던 경찰차의 사이렌 소리가 겹쳐 들렸다.

동문 쪽에 난 산길은 어김없이 매미가 찌르르찌르르 시끄러웠다. 다들 아무 말도 안 해서 더 그렇게 들렸다.

"유우키, 무섭나?"

먼저 입을 연 사람은 아사코였다.

"뭐? 별로 안 무섭거든~."

그렇게 말하는 유우키의 얼굴은 살짝 굳어 있었다.

"그보다 종례 시간에 하라쌤이 말한 거."

그쪽이 더…… 그렇게 말하고 싶은 것처럼 유우키가 말을 멈추자, 앞장서서 걷고 있던 마키가 「엄청난 방식으로 죽었다던데?」라고 말하며 돌아보았다.

조용히 오른손을 입 근처로 가져갔다.

"자기 손을 억지로 목에 처넣어서 죽었대."

"사실인지 아닌지는 모르겠지만."

요시키는 순간적으로 그렇게 말해 버렸다.

오늘 아침, 쿠비타치의 어떤 민가 앞에 경찰차가 와 있었다.

그 집은 마츠우라 할머니의 집이었다. 어제, 히카루를 보고 「노우누키 님」이라며 소리쳤던 그 마츠우라 할머니의 집.

"그 할머닌 예전부터 좀……."

"어쩔 수 없었다."

난데없이 히카루가 말했다.

요시키를 보지도 않고, 대수롭지 않은 일처럼, 당연하다는 듯 「어쩔 수 없었다」고 말했다.

그 등을 멍하니 바라보는 요시키 뒤에서, 유우키가 가라앉은 목소리를 냈다.

"하지만 오늘 키보우가야마에도 경찰차를 봤는데, 여자가…… 아마 죽은 할머니의 딸이겠지. 펑펑 우는 걸 보니까 안쓰럽더라."

"최근 유난히 암울한 얘기가 많아서 싫네."

들릴 듯 말 듯 아사코가 중얼거리자 자연스럽게 다들 입을 다물고 말았다.

확실히 아사코가 말한 「유난히 암울한 이야기」를 자주 듣게 되었다. 쿠비타치의 순경이 순찰 일과 중에 다쳤다든가, 키보우가야마 쪽에서 교통사고가 잦아졌다든가.

따로따로 보면 「가끔 일어나는 나쁜 일」이지만, 이렇게 나열하니 섬뜩하게 느껴졌다.

나쁜 일이 잇따라 일어나고, 심지어 그게 점점 심각해지고 있었다. 이번에는 사람이 죽었다. 다음에는 더 지독한 일이 일어날지도 모른다.

무거운 침묵을 깨뜨리듯 아사코가 「아!」 하고 평소와 같은 발랄한 목소리로 말하며 전방을 가리켰다.

"저게 숲길인가?"

산길의 가드레일에 구멍을 뚫은 것처럼 좁은 길이 나 있었다.

이중 삼중으로 나무들이 우거져 있어서 검은 그림자 뭉치가 웅크리고 있는 것처럼 보였다. 「노면 상태 열악」「낙석·단차 조심」이라는 뒤숭숭한 글귀가 적힌 간판이 세워져 있고, 표지판에는 검푸른 이끼가 끼어 있었다.

"아, 기분 나쁘긴 하네."

요시키는 무심코 소리 내어 말해 버렸다. 시큼한 냄새가 날 것 같은 분위기였다.

"우오오, 무서워! 무서워! 빨랑 드가자."

내 버리고 가면 안 된다? 죽을지도 모른데이! 죽을지도 모르니까!

그렇게 집요하게 말하는 마키를 선두로 울창한 숲길에 발을 들였다.

 다들 아무 말도 하지 않았다. 아마 모두가 살짝 숨을 멈추고 있었을 것이다.

 그리고 싱겁게 숲길을 빠져나왔다.

 "—어라?"

 가장 먼저 마키가 말했다. 「뭔가, 아주 평범했네……」라고.

 "아무 일도 없었네."

 어두웠던 숲길에서 나오니 눈이 부셔서, 요시키는 참지 못하고 얼굴을 찡그렸다.

 옆에서 아사코와 유우키가 「평범하게 숲속도 볼 수 있었고」 「하나도 안 무섭다」며 말을 주고받았고, 히카루는 크게 하품을 하고 있었다. 저녁이 돼도 좀처럼 기온이 떨어지지 않지만, 시기를 생각하면 바람은 제법 상쾌한 편이었다.

 요시키는 방금 막 지나온 숲길을 돌아보았다. 여기서 보는 숲길은 그렇게까지 섬뜩하지 않았다. 나뭇잎 사이로 비쳐 드는 금색 햇빛이 어룽어룽 춤추고 있었다.

 "다들 고맙디! 그냥 내 느낌이었나 보다. 조심해서 돌아가래이."

 깊이 머리를 숙이고 합장까지 하는 마키를 두고서 왔던 길을 돌아가게 되었다. 그저 귀가하는 마키를 다 같이 배웅한 게 되어 버렸다.

 "또 숲길을 지나야 한다니 귀찮네."

 "이게 뭔 고생이고."

"아, 벌레 물렸다."

"그나마 시원해서 다행이지~."

말을 주고받는 유우키, 아사코와 조금 떨어져서 걷다가 요시키는 문득 나무들이 있는 곳을 보았다. 신발이 흙과 낙엽을 밟아 습한 소리를 냈다.

찌르르찌르르 매미가 울고 있었다. 바람에 나뭇잎이 흔들리고 있을 텐데 이상하게도 그 소리는 들리지 않았다.

냇바닥의 진흙 같은 깊디깊은 그림자 속에서, 새하얀「ㄴ」이 보였다.

"……니은."

「ㄴ」이었다. 틀림없이「ㄴ」이었다. 웬 글자가 나무들 사이에 어렴풋이 떠 있었다.

이쪽을, 보고 있었다.

글자에 눈이 있을 리 없는데, 틀림없이 보고 있었다.

어둠 속에서 은근하게 줄기를 빛내는 나무들과 나란히 선「ㄴ」이 숨을 쉬는 것처럼 꿈틀거렸다. 나대를 휘두르는 것처럼 구불구불 흔들리며, 하얀 무언가가 꼬리를 이었다.

구불구불, 구불구불. 그 끝에 사람의— 노파의 얼굴이 있었다. 꼬리처럼 이어진 것이 노파의 백발임을 깨닫고, 요시키는 황급히 눈을 돌렸다.

그것이 구불구불 몸을 꿈틀거리며 자신에게 다가오고 있음을 기척으로 알 수 있었다.

소리가 났다. 붕붕 고개를 흔드는 소리, 노파의 백발이 휘날리는 소리.

그 소리가 점점 커졌다.

예전에 인터넷에서 본 적이 있었다. 논이나 냇가에 나타난다는, 도시 전설 속의 하얀 구불구불.

보면 미쳐 버리고 만다.

"요시키."

히카루의 목소리가 들렸다. 고개를 들자, 그는 아무 일도 없다는 얼굴로 요시키를 보고 있었다.

"아아~ 봐뿟나? 그라믄 안 되지."

―따라왔잖아.

히카루의 시선이 요시키의 뒤로 이동했다. 붕, 하는 소리가 귓가까지 와 있었다.

"일로 온나."

히카루의 어조는 온화했으나, 상대의 멱살을 잡는 듯한 기묘한 힘이 있었다.

다음 순간, 건조한 파열음과 함께 히카루가 뒤로 나자빠졌다. 그의 코에서 새빨간 물방울이 튀어 요시키의 앞머리를 스치고 지나갔다. 그 모습이 너무나도 천천히 흘러가서, 요시키는 입을 쩍 벌린 채 움직이지 못했다.

"뭔데?! 방금 그 소리 뭐냐고!"

가장 먼저 외친 사람은 아사코였다. 유우키의 팔을 잡고 숲길의 출구를 향해 냅다 달렸다.

"아사코?! 엇, 잠만! 어디 가는데?!"

유우키가 아사코의 이름을 연호했다. 그 목소리는 순식간에 멀어졌다.

정신을 차린 요시키는 히카루에게 달려갔다.

"야! 정신 차려, 히카루!"

부축해 일으킨 히카루의 코에서 흐른 새빨간 피가 입술을 향해 내려갔다. 히카루는 그걸 손바닥으로 거칠게 닦았다.

"괜찮나?!"

"아~ 그냥 코피다. 혹시 휴지 없나?"

코를 훌쩍이며 고개를 든 히카루를 향해 요시키는 고개를 가로저었다. 어쩔 수 없다는 듯 히카루는 코를 잡은 채 일어났다.

"뭐 한 건데……? 이상하다, 뭔가…….."

"그 녀석, 니한테 붙으려고 하길래 으깨서 내 안에 넣었다."

팽 소리를 내고서 히카루는 태연하게 걷기 시작했다.

"아~ 흡수했다? 삼켰다고 해야 하나……. 그랬는데 저항해서 코피가 난 거다."

움직이지 못하는 요시키를 바라보는 그의 얼굴은 피가 묻어 광대뼈 부근이 생생한 분홍빛을 띠고 있었다.

"그보다 요시키. 내 말고 딴 거 보면 안 된데이."

진지한 눈으로 그렇게 호소했다.

"보니까 따라오는 기다. 그 녀석들은 외로움을 많이 타니까. 니는 내만 보면 된다. 니한테 붙어 있는 것도 내 하나면 되고."

그러면서 대답하지 못하는 요시키의 와이셔츠 소매를 거칠게 잡아당겼다.

"이해력 딸리긴! 아무튼 보지 마. 보게 되면 나한테 말해."

히카루가 소매를 쭉쭉 잡아당긴다. 알겠으니까 옷 잡아당기지 말라고 어떻게든 목소리를 쥐어짰다. 목이 잠겨서 거의 소리를 이루지 못했다.

"―아, 나왔다!"

그대로 숲길을 나가니 양지에서 아사코와 유우키가 기다리고 있었다.

"미안. 너희 두고 뛰어나왔는데……."

사과하던 아사코가 히카루의 얼굴을 보고 눈을 크게 떴다.

"어? 코피 나네!"

"오다가 넘어졌다."

히카루는 피 묻은 손으로 브이 자를 만들며 천연덕스럽게 대답했다.

"펑 하는 소리가 났는데……."

"짐승 쫓는 공포탄이 오작동한 거 아이가? 딱히 아무 일도 없었다."

아사코가 숲길에 시선을 줬다. 이상하다는 듯 눈썹을 찌푸린 아사코는 「그렇구나……」라고 말하며 어깨를 떨궜다.

"요시키도 안 다쳤나?"

이마에 맺힌 땀을 닦으며 유우키가 물었다. 아아, 응, 괜찮다.

그렇게 대답하는 자신을 히카루가 보고 있었다. 저무는 햇볕보다도 훨씬 더 자글자글하게, 목덜미 근처에서 히카루의 시선이 느껴졌다.

*

히카루가 아사코의 강렬한 스파이크를 얼굴로 받은 것은 5교시 체육 수업 중이었다.

"축구 말고 다른 구기 종목은 진짜 어렵네……."

보건실에서 동그란 의자에 앉아 휴지로 코를 막으며 히카루는 어깨를 떨궜다. 요시키도 덩달아 앉았다.

"아사코의 공, 변함없이 장난 아니네. 한순간 시공이 슈욱 하고 비틀렸다니깐."

쓰러진 히카루에게 아사코는 연신 사과했으나, 체육관에 울렸던 묵직하고 날카로운 퍽! 하는 소리는 한동안 잊을 수 없을 것 같았다.

"니, 팔 엄청 쓸렸는데?"

히카루의 오른팔은 팔꿈치부터 손목까지 화상이라도 입은 것처럼 새빨개져 있었다. 군데군데 점점이 피가 배어나 있었.

「인도우」라고 성이 수놓인 히카루의 체육복에도 비슷하게 코피가 작은 얼룩을 만들고 있었다.

"아~ 진짜네."

"안 아프나?"

"아픈…… 건가? 나, 통각을 거의 못 느끼거든."

보건실에 아무도 없는 틈을 타 히카루는 난데없이 그런 말을 꺼냈다. 누군가가 심장을 꽉 움켜잡은 듯한 한기가 함께 엄습했다.

"전혀 완벽한 모방이 아닌데."

쓸린 곳에 커다란 반창고를 붙여 주며 무심코 말해 버렸다.

히카루가 인간이 아니라는 것은 아주 잘 알았다. 하지만 아픔조차 느끼지 않는다니.

"응?"

코에 휴지를 넣고 고개를 갸웃하는 히카루에게서 시선을 돌렸다.

"……그나저나 니 코피 자주 나네."

"아~ 저번에 숲길 말하는 거가?"

펑 하는 파열음과, 코피를 뿜으며 쓰러지던 히카루가 머릿속에서 되살아났다. 그 모습이 너무나도 선명하여 목이 콱 막혀서 숨쉬기가 힘들었다.

"그때 무슨 일이 일어난 건지 여전히 잘 모르겠다."

"그러니까, 내 안에……."

제대로 안 들어갔는지 콧구멍에 휴지를 다시 넣던 히카루가 갑자기 입을 다물었다.

고개를 든 그는 새로운 놀이라도 떠올린 듯한 얼굴로「그래」하고 웃었다.

"내 속을 보여 주께."

긍정도 부정도 하지 못하고, 애초에 진심으로 하는 소리인지도 판별하지 못하고 있자니, 보건 교사가 돌아와 버렸다. 서글서글한 중년의 선생님은 히카루를 보고 코피는 멎었냐며 웃었다.

히카루의 코피는 거의 멎어 있었다. 5교시가 끝났음을 알리는 종소리에 맞춰 교실로 돌아가니 아사코가 「미안! 괜찮았어? 진짜 미안~!」 하며 연신 사과했다.

"완전 나이스 어택이었다~."

코에 휴지를 넣은 채 살짝 코맹맹이 소리로 웃는 히카루에게 아까 한 말이 무슨 뜻인지 다시 물어볼 수는 없었다.

다만 방과 후 요시키를 체육관으로 데려간 히카루는 천연덕스러운 얼굴로 창고의 무거운 문을 열었다.

반창고가 붙은 오른손으로 요시키의 팔을 잡고 그대로 창고에 끌고 들어갔다.

"뭔가 변태 같네, 이 상황."

와이셔츠의 단추를 하나씩 풀면서, 히카루의 시선은 창고의 문에 가 있었다.

농구부와 배구부가 연습하는 소리가 들렸다. 운동화가 체육관 바닥을 끽끽 스치는 소리, 호루라기 소리, 누군가의 목소리, 공이 바닥에 튕기는 소리, 웃음소리. 정신없고 소란스러웠다.

문 하나를 사이에 둔 창고 안은 고요했고 공기가 가라앉아 있었다.

곰팡이와 먼지와 사람의 땀이 섞인 퀴퀴한 냄새가 났다. 농구공이 가득 담긴 바구니, 득점판, 뜀틀, 여기저기서 똑같은 냄새가 감

돌았다.

접혀 있는 체조 매트에 앉은 요시키는 히카루에게서 고개를 돌렸다.

창문으로 들어오는 빛을 받아, 창고 안에 날아다니는 작은 먼지가 금색으로 빛나고 있었다.

"진짜 뭐냐. 뭐가 뭔지 몰겠다."

얼굴을 찌푸렸더니 콧김에 먼지가 히카루 쪽으로 날아갔다. 그 방향에 시선을 줬다가 말문이 막혔다.

"⋯⋯이거 뭔데?"

셔츠 단추를 전부 끄른 히카루의 가슴에서 배까지 가느다란 틈이 벌어져 있었다.

히카루를 세로로 쪼개려는 것처럼 갈라진 피부에서는 피가 한 방울도 나지 않았다.

그저 검은 입이 쩍 벌어져 있었다.

"손 함 넣어볼래?"

히카루는 작게 웃고서 요시키의 팔을 잡았다. 의문을 표할 틈도 주지 않고, 그대로 검은 틈으로 요시키의 손을 가져갔다.

요시키의 왼손은 히카루의 몸에 난 가느다란 틈에 간단히 들어갔다. 축축한 혀가 손끝을 핥는 것 같은 느낌이 들어서 비명을 질렀다.

"으악⋯⋯!"

순간적으로 손을 빼려고 했지만 히카루 안의 무언가가 그걸 허

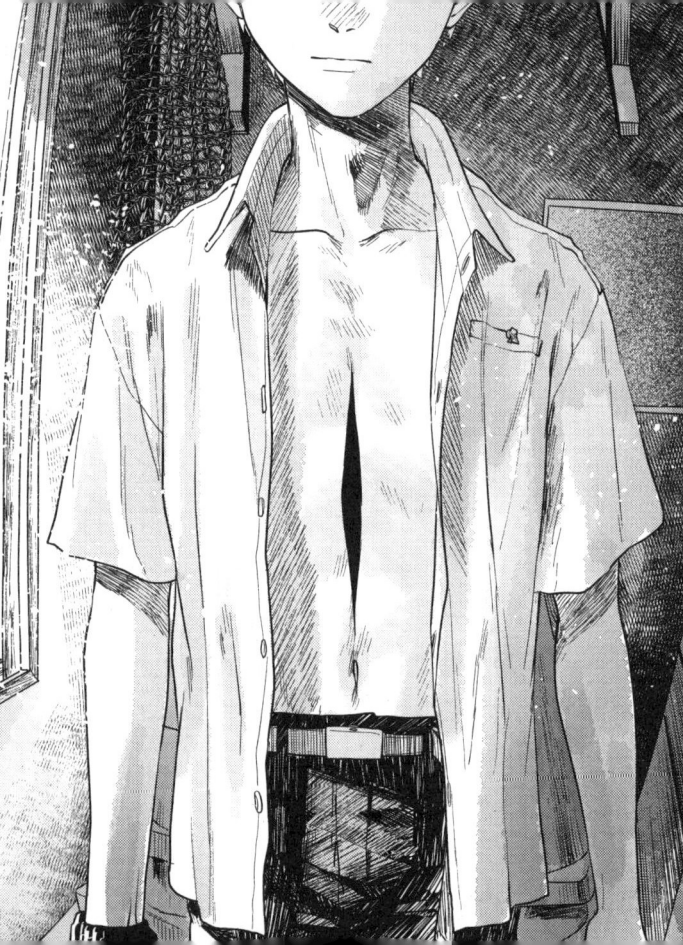

락하지 않았다.

 손가락 하나하나를 느슨하게 조이는 감각은 물을 댄 논에 발을 넣었을 때와 비슷했다.

 서서히 빠져서 점점 숨을 쉴 수 없는 그런 감각과.

 "뭔가, 지금, 이상한……."

 그뿐만이 아니었다.

 뭔가가 자신 안으로 스며드는 것을 알 수 있었다. 히카루 속에 있는 것이 꿈틀거리며 요시키를 검사하고 있었다.

 차가웠다. 생물이란 느낌이 들지 않았다. 하지만 움직이고 있었다. 질척거리는 소리가 들릴 것 같은 감촉이 들어서 어깨가 굳었다.

 "어떤데?"

 히카루의 물음을 듣고, 자신의 목덜미에 소름이 돋았음을 깨달았다.

 비지땀이 목덜미를 타고 흘러내렸다.

 "……양념에 재운 닭고기랑 비슷한 느낌이다."

 냉정히, 냉정히, 이를 악물고, 괜찮은 척했다. 숨을 들이마시자 목 안쪽에서 색색거리는 소리가 났다.

 "서늘하다."

 "니는 음…… 따뜻하네."

 후후 웃은 히카루는 자신과 요시키가 연결된 부분을 아주 즐거워하는 얼굴로 내려다보았다.

 "좋다. 살아 있는 게 속에 있는 감각, 오랜만이다."

이 녀석은 이런 행위를 예전에 다른 누군가와 한 적이 있는 걸까.

아니면 다른 방법으로 〈살아 있는 것〉을 몸속에 넣은 적이 있는 걸까.

그건—.

"있제. 손을 위로 올려볼래?"

미소 짓고 있는 히카루가 시키는 대로, 요시키는 왼손을 움직였다. 닭고기 같은, 논의 진흙 같은, 그것들보다 훨씬 더 꺼림칙한 부분을 안쪽에서 올라갔다.

히카루의 갈라진 틈이 점점 커졌다.

찌익 소리가 들릴 듯 경쾌하게 틈이 벌어지며 히카루의 쇄골, 목, 턱으로 올라가 순식간에 입가에 도달했다.

히카루는 그걸 웃으며 보고 있었다. 뺨을 붉히고서 습한 숨을 내쉬었다.

그대로 조용히 요시키의 어깨를 끌어안았다.

"으아…… 거기, 기분 좋아."

등을 부르르 떤 히카루의 손은 따뜻했다. 안에 든 것은 이렇게나 차가운데, 손바닥은 제대로 따뜻했다.

이마를 스친 히카루의 쇄골은 단단했고, 정수리 부근에 닿는 그의 숨은 역시 습했다.

이쪽의 호흡이 떨리고 있음을 그는 눈치챘을까.

"이게 기분 좋다고?"

"머리 쓰다듬는 거랑 똑같아. 이런 곳을 누가 만진 적도 없고."

히카루의 말끝이 사그라들더니 희미하게 마른침을 삼키는 소리가 들렸다.

순간적으로 팔을 빼고 싶어졌다. 그걸 꿰뚫어 본 것처럼 히카루의 속이 요시키의 팔을 꽉 조였고— 끌어당기려고 했다.

"끌려 들어간다……!"

이번에야말로 비명을 지르며 히카루 안에서 왼손을 뺐다. 간단히 요시키를 놔준 히카루의 틈은 자동문이 닫히는 것처럼 스르르 사라졌다.

"쫄았나?"

숨이 떨렸다. 심호흡을 반복하는 요시키 앞에서 히카루는 배를 잡고 웃고 있었다. 요시키는 「젠장」하고 욕하고서 셔츠에 왼손을 닦았다.

손에는 아무것도 묻어 있지 않았다. 피라든가, 다른 액체라든가, 히카루 안에 있던 것은 아무것도 붙어 있지 않았다.

그런데도 손끝, 손바닥, 손등, 손목, 모든 곳에 차갑고 생생한 감촉이 남아 있었다.

"야, 더럽진 않거든?"

서운하다는 듯이 히카루가 웃으며 어깨를 툭 쳤다. 기묘한 틈이 사라진 히카루의 몸은 당연히 히카루의 나체였다.

"아, 옷?"

즐거워하며 살짝 고개를 기울인 히카루는 「초 특별 서비스~」라며 셔츠의 앞섶을 크게 벌렸다. 체육관에서 아주 큰 호루라기 소리가 들리더니 갑자기 조용해졌다. 누군가가 악질적인 파울이라도 저지른 걸까.

히카루의 피부로부터 고개를 돌리고 있자니 그 고요함에 귀가 먹먹해졌다.

"어? 야, 와 그라는데……?"

너무나도 무거운 침묵이 내려앉자 히카루가 동요했다.

슥 내민 히카루의 손을 무심결에 찰싹 쳐 냈다. 고요한 창고에 건조한 소리가 울리고, 이내 곤혹스러워하는 히카루의 웃음소리로 바뀌었다.

"아하하, 미움받아 뿟네."

히카루를 거절한 왼손이 뜨거웠다. 단순히 아프기만 한 게 아니었다. 피부가 문드러질 것 같은 뾰족한 열기를 띠고 있었다.

그걸 떨쳐 내듯이 요시키는 히카루의 머리를 쓰다듬었다. 대형견을 마구 만지는 것처럼 머리를 헝클어뜨렸다. 「으왓!」 하고 외친 히카루는 아주 기분 좋아 보였고 즐거워 보였다.

"얼른 옷 입어라. 닌 뭐 야만족이가?"

"아하하, 그럴지도."

개가 꼬리를 흔드는 것처럼 고개를 끄덕이기에, 요시키는 그만 참지 못하고 흐하하 웃어 버렸다. 메마른 땅에 빗물이 스며들듯 자연스럽게 웃음이 나왔다.

하지만 히카루의 얼굴을 볼 수는 없었다. 본 순간 웃음이 쏙 들어가 버릴 것 같았다.

이 녀석은 히카루다. 히카루가 아닌, 히카루다.

하지만 그 얼굴은 히카루니까. 어쨌든 히카루니까.

*

엄마가 심부름시킨 걸 노렸다는 듯, 여동생인 카오루가 〈핵 매운 고추와사비 사 줘〉라고 메시지를 보내왔다.

슈퍼 노조미라고 로고가 들어간 장바구니에 엄마가 깜빡했다는 마요네즈를 넣고, 조미료 코너에서 핵 매운 고추와사비를 찾았다.

고추와 와사비를 섞은, 오로지 맵기만 한 장류인데 카오루는 이걸 좋아했다. 중1이면서 음식 취향은 아저씨 같았다. 솔직히 맵기만 하지, 맛없다고 요시키는 생각했다.

꽤 예전에 히카루와 노조미에 와서 이렇게 핵 매운 고추와사비를 샀을 때가 있었다. 경쾌한 로고송을 흥얼거리며 그 녀석도 「카오루는 이런 맛없는 걸 잘도 먹네」라고 말했었다.

심부름을 받았다며 학교를 나오자마자 헤어졌지만, 오늘도 히카루가 같이 있었다면 똑같은 말을 했을까.

〈양념에 재운 닭고기〉 같은 느낌이 왼손에 끈덕지게 남아 있어서 주먹을 쥐었다 폈다 했다.

핵 매운 고추와사비를 장바구니에 넣고, 겸사겸사 카오루가 좋아하는 팽이고추장도 집어 들었다. 빈 계산대를 찾아 장바구니를 놓자, 안경을 쓴 중년 여성 점원이 「어라?」 하며 요시키를 보았다.

얼굴을 본 순간, 아차 싶었다.

"츠지나카 씨네 아들 아이가!"

크게 숨을 들이마시는가 싶더니 쓸데없이 낭랑한 목소리로 웃었다. 종종 채소를 주는 니시다야 아주머니였다. 경단처럼 둥그런 코 옆에 큼직한 점이 있었다.

"아, 안녕하세요……."

이렇게 끝날 리가 없었다. 상품의 바코드를 하나하나 찍으며, 니시다야 아주머니의 입은 선풍기처럼 쉬지 않고 움직였다.

"여동생은 잘 지내나? 뭐라드라, 학교를 자주 쉰다카든데. 야마자키 씨네 가족도 걱정 마이 한다 아이가. 아침에 잘 못 일난다던데, 아침에 졸린 거야 다들 마찬가지 아이겠나. 카오루는 아직 중학교 1학년이제? 너무 오냐오냐하면 안 된데이. 뭐, 느그 어무이는 도쿄 사람이니까 교육도 도시식으로 하는 걸지도 모르겠지마는. 그러고 보니 얼마 전에도 부모님이 싸우셨제? 한밤중에 그래가꼬 다들 걱정 마이 했다이가. 요시키도 고생이 많네. 곤란한 일 있으면 얼마든지 아줌마한테 말해. 그러고 보니 사진부 활동은 잘 하고 있나? 우리 아들은 예전에 육상부였는데 대회에서 2등을 해서 있제……. 자, 합쳐서 700엔이다~."

탁탁탁탁 계산기를 조작하고 표시된 합계 금액을 가리켰다. 「아, 여기요」라며 1000엔 지폐를 내미는 자신의 목소리는 우스우리만큼 가냘팠다.

"자, 거스름돈!"

300엔을 요시키에게 쥐여 주는 그 손은 억셌다. 거스름돈과 함께 내동댕이치고 싶을 만큼 억척스럽고 짜증 났다.

"그리고 요시키, 앞머리 자르는 게 좋겠다~."

혼이 쏙 빠져서 노조미를 나왔다. 해가 기울어서 그런지 까마귀가 바쁘게 울었다.

"싫다……."

아무도 없는 자전거 보관소에서 자전거에 채워 둔 자물쇠를 풀며 중얼거렸다.

핸들로 가져간 손을 갑자기 누군가가 붙잡았다.

"안 돼. 안 된데이."

노조미의 비닐봉지를 든 중년 여성이 매우 진지한 얼굴로 요시키를 노려보고 있었다.

하나로 질끈 묶은 머리와 티셔츠, 스웨트 팬츠. 노조미나 옆에 있는 약국에서 흔히 볼 수 있을 법한 모습인데 눈이 달랐다.

아주 꺼림칙한 자를 앞에 둔 것처럼 긴장한 시선을 보내고 있었다.

「예?」하며 물러나려고 한 요시키를 놓치지 않겠다는 듯 손에 한층 힘이 들어갔다.

"학생, 지금 당장 그만둬."

"저, 저기……."

설마 자전거 도둑으로 보인 걸까. 요시키가 해명하려고 하자 그녀는「아, 자전거를 말하는 건 아니고」라며 고개를 가로저었다.

"지나가던 주부가 대체 뭔 소리 하나 싶제. 근데 학생 근처에 너무 위험한 게 있어서……."

―학생도 알고는 있제?

요시키를 응시하는 그녀의 시선이 너무 날카로워서 고개를 끄덕일 뻔했다.

아아, 그렇지. 나는 확실히 〈아주 위험한 것〉을 곁에 두고 있다. 오늘은 그 녀석의 속을 만지고 말았다.

알고 있었다. 그때, **히카루**가 그럴 작정이었다면 그 녀석은 나를 삼켜 버릴 수 있었다.

"지금 당장 떨어지래이. 이대로 있으면 「섞일」 끼다."

땅거미가 지는 자전거 보관소에서, 지나가던 주부는 『섞일』거라고 확실하게 말했다. 긴박한 듯 소름 돋는 그녀의 표정을 보자 붙잡히지 않은 왼손이 떨렸다.

히카루의 속을 만졌던 감촉이 손끝에서 스멀스멀 올라왔다.

*

히카루라면 안에서 자고 있을 거라고 히카루의 어머니가 말한 대로, 선풍기가 강풍으로 돌아가는 어수선한 다다미방에서 **히카루**는 눈을 까뒤집은 채 잠들어 있었다.

오후의 눈부신 햇볕이 툇마루 쪽에서 비쳐 들고 있었다.

에어컨이 없는 다다미방은 찐득하며 더웠고, 선풍기가 만드는 바람도 어딘가 무거웠다. 칠칠맞지 못하게 배를 드러내고 자는 **히**

히카루를 응시하고 있음을 깨달은 요시키는 황급히 모자를 벗고 방석에 앉았다. 관자놀이로 땀이 흘렀다.

"빤히 보면서 안 깨울기가?"

히카루의 발이 날아와 요시키의 팔을 툭 찼다. 아아, 역시 눈치채고 있었다.

발로 요시키를 툭툭 건드리는 히카루를 반쯤 무시했더니, 참다못했는지 히카루가 프로 레슬링 기술을 걸어왔다. 한바탕 요시키를 깔아뭉개고 만족했는지 「후~ 이겼다」라며 일어났다.

"아까 뭐 가져온 것 같더만?"

뭔데, 그때부터 일어나 있었던 거였나. 다다미에 엎어진 채로, 요시키는 욕하는 대신 친척이 수박을 보내서 나눠 주려고 가져왔다고 대답했다.

"뭐? 수박? 내가 좋아하는 거잖아. 내가 세상에서 제일 잘 먹을 줄 아는 거."

"알고 있거든."

"만화처럼 먹을 수 있지롱. 수박씨로 따발총 쏴 줄까?"

그것도 알고 있다.

언제쯤이었더라. 초등학교에 막 입학했을 무렵이었던 것 같다. 이 다다미방 앞에 있는 툇마루에서 히카루와 수박을 먹었었다.

히카루는 반달 모양으로 자른 큼직한 수박을 양손으로 들고서 만화처럼 먹겠다고 고집을 부렸다.

"야, 요시키. 잘 봐."

크게 입을 벌린 히카루가 수박을 베어 물었다. 숨 쉴 새도 없이 수박을 와삭와삭 씹어서 씨와 과즙이 옆에 앉은 요시키한테까지 튀었다.

"으악, 더럽게."

요시키의 항의에 히카루는 절반 넘게 남은 수박을 내려다보더니 「수박씨 삼켜뿟다……」라며 표정이 창백해졌다. 딸랑딸랑, 처마에 달린 풍경이 울렸다.

"울 아빠 친구가 수박씨를 먹고 온몸에 줄무늬가 있는 수박인간이 됐다 카더라."

"뭐……? 그래서 어캐 됐는데?"

"죽었다."

"……나도 좀 전에 삼켰는데."

그날도 매미는 찌르르찌르르 울었다. 「우린 죽는 기다……」하고 울면서 수박을 먹었던 기억이 난다. 어차피 죽을 거 마지막으로 수박이나 실컷 먹고 싶었던 게 아닐까.

그런 자신들을 히카루의 아버지가 「니들 와 우노?」하고 웃으며 내려다봤었다.

히카루의 아버지가 죽은 것은 그로부터 몇 년 후— 히카루가 초등학교 5학년이었을 때다.

히카루의 아버지는 표고버섯 농사를 지으며 마을에 있는 마츠시마 목재소에서 일했었다. 목재소 작업 중에 사고를 당했다고 들었지만, 결국 자세한 건 알지 못했다.

……그러고 보니 히카루의 아버지가 그 산에 들어간 적이 있었다. 히카루가 행방불명되고 히카루가 되어 돌아온 그 산에. 평소에는 아무도 안 들어가는, 금족지일 터인 산에.

그건 히카루가 없어졌을 때와 똑같은 계절…… 1월 말이었던 것 같다.

"─야, 요시키!"

히카루와 똑같은 목소리가 이름을 불러서 퍼뜩 정신이 들었다.

반달 모양으로 잘린 수박 두 개를 쟁반에 담은 히카루가 눈앞에 앉아 있었다.

"수박 안 묵나? 엄마가 잘라 줬다. 이 수박 장난 아닌데? 짱 크지 않나?"

수박은 싱그러운 붉은빛을 띠고 있었다. 수분과 단맛이 듬뿍 담겨 있음을 색을 보면 알 수 있었다.

"수박 맛은 「제대로」 알고 있네."

"응. 벌써 열 번 정도 먹었거든. 먹는 방식도 업그레이드했지."

후후, 하고 웃은 히카루는 수박을 들고 입을 크게 쩍 벌리는가 싶더니─ 몇 입 만에 흡입하듯 먹어 치웠다.

그 속도에 과즙이 튀어 요시키의 코끝으로 날아왔다.

소리 없이 어떠냐며 가슴을 쭉 펴는 히카루를 보고, 방금 그건 정말 인간의 기술인지, 아니면 인간을 초월한 무언가인지 일순 생각하고 말았다.

"더럽지만…… 좀 굉장할지도."

입을 가득 채운 수박을 삼킨 히카루는 「아아~ 씨 삼켰네. 수박 인간이 돼 버릴 끼다」라며 어깨를 작게 으쓱였다.
"심심하네. 대란투 할래?"
"……아니, 됐다. 별로 안 내켜."
"그래? 뭐, 상관없지만."
히카루는 크게 하품을 하고서 누워 버렸다. 처마에 달린 풍경이 딸랑거리는 소리가 들려서 요시키는 양손에 얼굴을 묻었다.
알고 있다. 이 온화한 시간이 얼마나 비정상적인지, 위험한지, 알고 있다. 나만 이렇게 평범하게 지내도 될 리가 없다.
히카루는, 한참 전에 죽었으니까.
"내 있제."
손가락 사이로 히카루가 몸을 뒤척이는 게 보였다.
"니랑 같이 있기만 해도 재밌고, 수박도 잘 먹었데이."
"……뭔데. 갑자기 그런 소리를 다 하고."
"낸 니한테 거짓말 안 할 거다. 뭔가 이런 걸 확실하게 말하고 싶다는 생각이 들어서."
나도 그랬으면 좋았을 텐데.
속에서 새삼스럽게 튀어나온 후회는 정말 새삼스러웠다. 뒤늦은 후회였다.
고개를 들자 상인방 위에 장식되어 있는 것들이 눈에 들어왔다. 히카루의 증조부모 사진과 누군가가 받은 상장, 임업 조합의 단체 사진.

그 옆에 히카루와 요시키의 초등학교 졸업식 사진이 있었다.

졸업장이 든 통을 들고서 웃긴 표정을 지은 두 사람의 사진은, 이 방에 올 때마다 「저 얼굴은 뭔데」라는 생각을 하게 했다. 「바보라니까」라는 생각을 하게 했다.

이 좁은 쿠비타치 마을에서 나이가 비슷한 친구는 인도우 히카루뿐이었다. 그래서 줄곧 둘이서 살아왔다.

너는 이미 죽었는데. 사진 속 너는 이제 없는데. 나 혼자만 태평하게 살고 있다. 네가 아닌 너의 판박이와 함께 수박을 먹고, 그날과 똑같은 풍경 소리를 듣고 있다.

용서받을 수 없다는 걸 알고 있다.

바지 주머니를 뒤적여 스마트폰을 꺼냈다. 메시지 앱을 실행하자 얼마 전에 연락처를 교환한 그 사람의 이름이 가장 위에 나왔다.

쿠레바야시 리에.

슈퍼 노조미에서 요시키에게 말을 걸어왔던 〈지나가던 주부〉는 그런 이름을 가지고 있었다.

―이대로 있으면 〈섞일〉 끼다.

요시키에게 그렇게 충고한 쿠레바야시는 해 질 녘 특유의 붉은 그림자 속에 있었다.

"서, 〈섞인다〉니……."

"설명하기 어렵네……. 저쪽 거랑 너무 섞이면 사람이 아니게 된다."

"잠깐, 아, 그게, 저기……."

횡설수설하는 요시키를 보고, 쿠레바야시는 「아~ 무서워할 필요 없다니깐」 하며 고개를 저었다.

"정말로 그냥 지나가던 주부니까! 남들보다 조금 잘 보일 뿐이지."

요시키가 미심쩍어한다고 여겼는지, 쿠레바야시는 거짓말이 아니라며 성대한 한숨을 쉬었다.

"쿠비타치 쪽에 드가면 안 되는 산 있제? 거기서 계~속 안 좋은 느낌이 들어서. 진짜로 위험한 게 있단 건 알았는데."

쿠비타치의 들어가면 안 되는 산.

그건 바로 히카루가 행방불명됐던 산이다.

"근데 최근에 사라진 기라. 그 안 좋은 느낌이, 갑자기. 어데로 갔을까~ 무섭게~ 어찌 된 기고~ 그래 생각했드만."

쿠비타치 방향을 보던 쿠레바야시의 눈이 요시키에게 돌아왔다.

"〈그거〉, 학생 옆에 있네."

시선을 받자 숨을 제대로 쉴 수 없었다. 「……어떻게」라고 목소리를 쥐어짜는 데 상당한 시간과 노력이 필요했다.

"뭔가 아시는 건가요……?"

"내도 자세히는 모른다. 하지만 학생이 이대로 있음 큰일 난다는 건 알겠거든."

가슴에 손을 얹은 쿠레바야시가 크게 숨을 들이마셨다. 내뱉은 숨은 뻣뻣하게 떨리고 있었다.

"정말로, 본 적도 없을 만큼……. 하지만 사정이 있는 거제?"

얘기하고 싶어지면 이리로 연락해. ─쿠레바야시는 그렇게 말하고 스마트폰을 꺼냈다.

요시키는 순순히 그녀와 연락처를 교환했다.

⟨저기요.⟩

풍경 소리에 떠밀린 것처럼 쿠레바야시에게 그렇게 메시지를 보냈다.

뭐라고 말을 이으면 좋을지 알 수 없어서, 키패드에 올린 손가락을 움직일 수 없었다.

"요시키~ 너희 엄마한테 갖다 줬으면 하는 게 있는데~."

부엌 쪽에서 히카루네 엄마가 말하는 게 들렸다. 그만둘 이유가 생겨서 다행이었다. 그런 비겁한 생각을 하며 스마트폰을 테이블에 내려놓았다.

"네, 갈게요."

복도를 보며 대답하고, 선풍기가 강풍으로 돌아가는 다다미방을 나갔다.

2

"히카루, 진짜 좋아하는 애랑은 얼른 결혼해 뿌라."

어릴 때, 아빠에게 그런 조언을 받았다.

대체 몇 살 때의 기억인지 모르겠지만, 아빠는 선향불꽃을 들고 있었고, 자신도 주황색 빛이 타닥거리는 비슷한 선향불꽃을 들고 있었다.

"내도 뭐, 결혼하겠지. 안 하면 어떻게 되는데?"

"〈우누키 님〉이 산으로 데꼬 가버린다."

아빠는 확실히 그렇게 말했다. 조금 전까지 온화한 얼굴로 선향불꽃을 바라보고 있었는데 슬프게 인상을 쓰고 있었다.

"인도우 가문의 규율이지. 애인이 생기면 일찌감치 결혼하는 기다. 이 가문 사람한테는 손 안 대겠다고 약속했으니까. 아내로 삼으면 안심이지."

"왜 데려가는데?"

"외로우니까, 집안사람 대신에 가장 소중한 사람을 데꼬 가는 거 아니겠나."

해가 저물듯, 아빠가 들고 있는 선향불꽃의 불이 떨어졌다. 땅에 검은 얼룩을 만들었다.

히카루의 선향불꽃은 아직 노래하듯 기운차게 타오르고 있었다.

"뭐, 미신이지만. 아빠를 뻥 찼던 가나 가나 가나 가도 다~ 잘 살드라."

웃어넘긴 아빠의 말끝이, 완전히 불이 꺼진 선향불꽃처럼 사그라들었다. 미신? 진짜로……? 그렇게 물어보려고 하자 눈앞이 어두워졌다.

선향불꽃은 이미 꺼져 있었다.

이건 인도우 히카루의 기억이지 자신의 기억이 아니다.

다만, 굳이 데려가지 않아도 이제 쭉 옆에 있을 수 있다. 이 기억을 떠올릴 때면 늘 똑같은 생각을 했다.

뺏기지 않게만 조심하면 된다.

띠롱, 하는 전자음에 잠이 깼다. 다시 자려고 했지만, 풍경 소리 때문에 결국 각성했다.

다다미 자국이 난 뺨을 문지르며 몸을 일으키자, 테이블에 요시키의 스마트폰이 놓여 있었다.

「쿠레바야시 리에」라는 모르는 사람에게서 메시지가 와 있는 것이 보여서 하품이 멈췄다.

〈얘기할 마음이 들었나?〉

그런 짧은 물음이 요시키에게 와 있었다.

"······누군데? 이거."

제3장 사랑스럽다고 여기고 만다

1

약속 장소는 키보우가야마정에 있는 슈퍼 노조미의 자전거 보관소였다.

"아이고~ 미안! 조금 늦었네."

넥쿨러를 목에 감았는데도 땀을 뻘뻘 흘리는 쿠레바야시는 「댄스부 이노치」라고 프린트된 티셔츠를 입고 있었다. 자녀가 이제 안 입는 동아리 티셔츠……인 걸까.

"날도 더운데 어디 좀 드갈까~? 아메리카로 괜찮겠제?"

어째서 아줌마는 다들 목소리가 큰 걸까. 성량이 크다기보다 한 번에 내뱉는 공기의 양이 많았다. 그 공기에 밀린 것처럼 요시키는 쿠레바야시를 따라갔다.

노조미에서 몇 분 정도 걸어간 곳에 「아메리카」라는 이름의 레스토랑이 있다. 패밀리 레스토랑처럼 생겼지만, 아마도 체인점은 아니다. 이름은 「아메리카」면서 메뉴도 인테리어도 미국 느낌은 나지 않았다.

그래도 키보우가야마에서 슈퍼와 약국이 모인 이 부근은 자칫하면 아는 사람을 만날 수도 있었다. 넓은 창가 자리로 안내받았지만, 요시키는 차마 모자를 벗을 수 없었다.

"어머어머어머~ 대형 파르페가 새로 나왔네! 먹고 싶은 거 주문해라. 단 거 좋아하나?"

"저기요."

또랑또랑한 목소리를 잘라 내듯 요시키가 말을 꺼냈다. 메뉴판을 펼친 채 쿠레바야시가 입을 닫았다. 언제 시끄럽게 떠들었냐는 것처럼 조용해졌다.

"그럼 무슨 일이 일어난 건지 물어봐도 되겠나?"

뭐부터 얘기해야 할까. 아무리 열심히 말해도 중요한 부분은 하나도 전해지지 않는 것 아닐까. 어젯밤 침대 속에서 아주 오랫동안 고민했다.

자신에게 죽마고우가 있는 것. 그 죽마고우가 1월 말에 니사산에서 행방불명된 것. 그가 돌아오고 지금까지 있었던 일.

쿠레바야시는 모든 이야기를 말없이 들었다. 이따금 맞장구는 쳤지만 끼어들지는 않았다.

다만 요시키가 모든 얘기를 끝내자, 고맙다며 미소 지었다.

"정말 애썼네."

어느새 고개를 푹 숙이고 있었다. 콧물이 콧속에서 흘러내리는 느낌이 들어서 황급히 손등으로 닦았다.

"왜 그렇게 말씀하시는 건데요……?"

분명 자신은 매달리는 눈으로 쿠레바야시를 보고 있었을 거다.

"정말 애썼다. 하지만―."

쿠레바야시는 요시키의 눈을 응시한 채 느릿하지만 분명하게 고개를 가로저었다.

"학생, 지금 벌받고 싶어 할 때가 아이다. 정신 똑바로 차리래이."

쿠레바야시가 강한 어조로 말해서 숨을 삼켰다.

"다른 사람한테 벌을 받더라도 그저 자기 마음이 편해질 뿐이다. 죽은 사람은 아무 생각도 못 한데이. 그저 『우리가』 죽은 사람에게 지저분하게 집착하고 있을 뿐이제."

우리. 이 사람은 방금 분명히 「우리」라고 했다.

말실수했다는 자각이 있는지, 고개를 번쩍 든 요시키를 보며 쿠레바야시는 깔깔 웃었다.

"내도 참 주책맞게. 미안하데이. 분위기가 많이 어두워졌네."

아하하, 아하하, 하고 웃는 쿠레바야시에게 무슨 말이냐고 물을 수는 없었다. 그녀가 「본론으로 들어가서」라며 목소리 톤을 확 낮췄기에.

"마을이 이상해지기 시작한 건 눈치챘나? 이 주변에 「비틀림」 같은 무언가가 생기고, 수상한 사건도 늘고 있고, 있을 리 없는 것도 나타나고 있데이. 마을이 점점 미쳐 가고 있는 기다."

쿠레바야시는 한 박자 쉬고서 요시키를 응시했다.

"이건 아마도…… 학생의 친구가 된 「무언가」의 영향일 끼다."

"무언가, 라는 건……."

"뭐랄까, 거대한 덩어리라는 느낌이었다……. 마치 「지옥」 같은……. 그 기운이 산에서 사라지자마자 비틀림이 급격히 커졌데이. 예상이지만, 그게 산에 있었기에 비틀림이 억제되었던 걸지도 모른다. 그만큼 거대한 기라."

전부 추상적인 말들인데 신기하게도 짜증은 나지 않았다.

이해가 됐다. 이해가 되고 말았다.

거대한 덩어리, 지옥. 비슷한 감각이 자신의 눈꺼풀과 코와 피부에 남아 있었다.

"그리고 얼마 전에 쿠비타치에서 있었던 변사 사건. 그것도 뭔가 무시무시해……. 무슨 관계가 있을 끼다."

아아, 관계있다. 틀림없이 관계있다.

"솔직히 당장이라도 이 마을에서 도망치고 싶을 만큼 무섭데이. 하지만 시어머니도 계시고, 딸도 있으니깐. 울 큰아들은 한참 전에 마을을 떠났지만."

그리고 남편도…… 그런 말이 이어질 줄 알았는데 이어지지 않았다. 요시키는 확신을 가지고서 물었다.

"저기, 아까 〈우리〉라고 하셨는데……."

"……죽은 남편이 예전에 한 번 돌아왔었거든."

쿠레바야시는 테이블에 올린 자신의 손을 바라보며 미소 지었다. 몹시 그리운 것을 떠올리는 듯한 온화한 눈이었다.

그런데 눈 안쪽에 차갑고 탁한 소용돌이가 있었다.

"근데 끝이 안 좋았다. 아들의 몸에 평생 낫지 않을 상처만 남기고 끝났데이. 뭐든 좋으니까 다시 함께 있고 싶었다. 그저 그뿐이었는데."

점내는 냉방이 되고 있는데도 폭염 속의 끈적한 뙤약볕이 뺨에 느껴졌다. 야마히사의 『짱짱한 아이스크림 있습니다』라는 벽보가 생각났다.

얼굴 절반에서 꺼림칙한 〈내용물〉을 흘리는 히카루를 앞에 두고, 요시키도 쿠레바야시와 똑같은 생각을 했었다. 뭐든 좋으니까 다시 함께 있고 싶었다.

"학생도 대충 알고 있제? 이대로 함께 있으면 안 된다는 걸."

알고 있다. 알고 있지만.

그래서 대체 어쩌란 말인가.

"저번에 말씀하신 〈섞인다〉는 건, 뭔가요?"

"살아 있는 채로 알맹이가 저쪽에 가까워진다. 그것의 일부가 되는 거나 마찬가지다. 평생 떨어질 수 없게 된데이. 상상하기도 싫다."

—그리고 저쪽 세계의 존재도 끌어당기기 쉬워질지도 모른다.

관자놀이를 누르고서 인상을 쓴 쿠레바야시는 요시키를 겁주려고 이야기를 과장하고 있는 것처럼 보이지는 않았다.

섞인다. 저쪽에 가까워진다. 그것의 일부가 된다.

그녀의 말을 반추할 때마다 히카루와 이어졌었던 왼팔에 힘이 들어갔다.

"미안. 내처럼은 되지 않았으면 해서. 그리고 앞으로 나아가려면 알아 둬야 하지 않겠나?"

투둑투둑, 비가 유리창을 두드리는 소리가 났다. 소리는 점점 커져서, 마을을 씻어 버릴 것처럼 본격적으로 비가 내리기 시작했다. 점원이 쿠레바야시가 주문한 거대 파르페를 가져왔다.

*

 일요일에 내리기 시작한 비는 이튿날에도 그치지 않았다. 방과 후 교실은 사람이 없어도 끈적끈적하고 더웠다.
 운동장에는 거대한 물웅덩이가 생겨나 있었고, 키보우가야마 마을은 전부 뿌옇게 보였다. 고등학교가 있는 산의 기슭에 지어진 교회도, 평소에는 삼각지붕 위의 십자가가 더 확실히 보이는데.
 아무도 없는 교실에서 요시키는 질리게 본 그런 풍경을 혼자 바라보고 있었다.
 얼마나 지났을까. 복도에서 발소리가 들렸다. 실내화가 리놀륨 바닥을 밟는 끽끽 소리는 가볍고 보폭이 작았다. 히카루는 아니었다.
 "어라? 아직 안 갔네? 오늘 오후에 교직원 회의 있다고 전부 집에 가라 캤는데……."
 교실 문을 연 유우키는 이상하다는 듯「몰랐나?」라며 고개를 기울였다.
 "깜빡한 게 있어서. 찾으면 돌아갈 끼다."
 자기 자리에 앉은 채 뭔가를 찾는 시늉도 하지 않는 요시키를 보고 유우키는 한층 더 미심쩍다는 표정을 지었다. 그래도 추궁하지는 않았다.
 "히카루가 니 찾든데."

아니, 요시키를 끌어당기려고 했다.

히카루의 속을 처음 만졌던 체육 창고의 곰팡이와 먼지와 사람의 땀이 섞인 냄새와 함께 쿠레바야시의 목소리가 되살아났다.

—알고 있제? 이대로 함께 있으면 안 된다는 걸.

아아, 알고 있다. 알고 있어.

소리 내어 말하지는 못했다. 히카루의 내용물이 입을 막고, 코를 막고, 눈을 덮어서, 숨을 쉴 수 없었다.

무언가가 히카루에게서 자신에게로 흘러 들어왔다. 기분 나쁘다. 무섭다. 불쾌하다. 그런데 가슴을 울리는 기분 좋은 느낌이 살짝 들었다.

기분 나빠.

⋯⋯기분 좋아?

좁디좁은 논두렁길 끝에 작은 초가집들이 보였다.

논에 물을 대는 시기 특유의 깨끗한 진흙 냄새가 났다.

습도 높은 날 특유의 희뿌연 산들의 능선이 낯익었다.

산간의 작은 마을이 내려다보이는 곳에, 수건을 머리에 쓰고 턱밑에 묶은 젊은 남자가 서 있었다. 히카루와 똑같은 눈을 가진 남자였다.

남자는 천으로 감싼 무언가를 소중하게 안고 있었다. 남자의 콧날을 따라 땀이 흘렀고, 그는 품에 있는 그것을 몇 번 고쳐 안았다. 천이 스치는 소리가 사람의 흐느낌 같았다.

"보면 먼저 가라고 말 좀 해 주라."

드르륵 소리를 내며 문이 닫혔다. 유우키의 발소리가 멀어졌다. 요시키는 책상에 이마를 툭 댔다.

차가운 상판이 이마에 들러붙어서, 요시키를 끌어안고 「니를 죽이고 싶지 않다」라고 속삭였던 히카루의 목소리가 생각났다.

야마히사 앞에 있는 벤치에서, 무슨 색이라고 표현할 수 없는 내용물을 쏟아 냈던 히카루가.

죽이고 싶지 않다는 건— 죽일 수 있다는 말이다.

마츠우라 할머니가 했던 「노우누키 님」이라는 말. 산에 갇혀 있던 무언가. 비틀림. 이대로 함께 있으면 안 된다. 나처럼은 되지 않았으면 해서. 앞으로 나아가기 위해—.

쿠레바야시가 말한 「앞으로 나아간다」라는 건 뭘까. 답은 이미 나와 있는데도 자문하고 말았다.

히카루가 아닌 히카루. 사람이 아닌 히카루. 그 녀석과 멀어져야 한다. 이 이상 상종해서는 안 된다.

간단한 일일 텐데, 생각만 해도 명치 부근에 둔통이 일었다.

—히카루.

쥐어짜듯이, 무의식적으로 중얼거렸다.

"니는 대체……."

그 순간, 교실 문이 요란한 소리를 내며 열렸다.

"아~! 드디어 찾았다!"

산만하고 어수선한 발소리는 순식간에 요시키 옆으로 왔다. 거기 있는 게 당연하다는 듯이.

"오늘 교직원 회의 있는 거 몰랐드나? 얼른 집에 가자."

"……오늘은 니 먼저 가면 안 되나?"

쌀쌀맞다는 자각은 있었다. 상대를 뿌리치는 것 같은 차가운 말투였다.

"뭐? 기분 안 좋아 보이네."

"응."

히카루를 힐끔 보니 말없이 웃긴 표정을 짓고 있었다. 눈을 크게 뜨고 턱을 앞으로 내밀고…… 히카루가 자주 짓던 웃긴 표정이었다.

"내 웃긴 얼굴을 보고도 요시키가 안 웃네?!"

틀렸다. 웃겼던 건 히카루의 망가진 얼굴이다. 죽마고우인 인도우 히카루의, 웃긴 얼굴.

"야, 진짜 와 그라는데? 니 지금 얼굴 완전 흙빛이다."

히카루가 어깨를 두드렸다.

저도 모르게 뿌리쳤다. 찰싹, 오늘 날씨와는 정반대인 건조한 소리가 났다.

"아, 좀! 혼자 있게 내비 두라."

언젠가 히카루에게「자신에게 무른 녀석일수록 타인을 쉽게 허락한다」라고 말했던 게 생각났다.

히카루에게 거절당하기 싫어서 히카루를 거절할 수 없다. 그렇게 생각하는 물러 터진 자신을 속으로 꾹꾹 내리누르고 히카루를 노려보았다.

히카루는 여전히 실실 웃고 있었다. 「띠로리…… 진짜가. 하하……」라며 웃는 눈이 방황했다.
"……내 때문이가?"
"뭐가?"
"히? 뭐긴 뭐가? 딱 봐도 내한테 태도가 쌀쌀맞다이가. 내한테 왜 화났는데?"
"딱히 화 안 났거든."
"아니, 화났구만."
요시키의 말을 뿌리치듯이 히카루가 살짝 목소리를 키웠다.
"요즘 와 이라는데? 내한테 뭐 숨기는 거 있나?"
"뭐? 지금 내 떠보는 기가? 기분 나쁘게."
말이 빨라졌다는 자각은 있었다. 정곡을 찔려서 필사적으로 벗어나려 하고 있었다. 분명 히카루에게도 전해졌을 것이다.
"그럼 어제 읍내엔 머 하러 갔노? 모르는 사람이랑 메시지는 와 주고받는데?"
반쯤 열린 입에서 말이 사라졌다.
히카루의 집에 수박을 가져다줬던 날, 쿠레바야시에게 메시지를 보냈다.
답장은 바로 왔다. 그때 요시키는 타이밍 나쁘게 자리를 비웠었고, 다다미방에 돌아가자 히카루는 「뭔가 메시지 와 있는데」라며 요시키의 스마트폰을 가리켰다.
엄마겠지. 그렇게 둘러댔더니 그 이상은 추궁하지 않았었는데.

이 녀석, 사실은 그때—. 불길한 예감은 당장 메스꺼움으로 바뀔 것 같았다.

"……애초에 내가 니한테 뭐든 다 말해야 되나?"

"예전엔 웬만해선 뭐든 말했다이가. 하고 싶은 말이 있으면—."

그건.

"예전……이라니, 꼭 지 일인 것처럼 말하네."

그 이상은 말하지 못했다. 히카루가 아주 가늘게 숨을 삼키는 소리가 들려서.

히카루가 지금 어떤 얼굴을 하고 있는지. 상상이 갔기에 일부러 고개를 들지 않았다.

"역시 그런 기가?"

히카루가 팔을 붙잡았다. 오른손잡이면서 오른손에 손목시계를 차고. 그 시계는 분명 아버지에게 받은 선물이었을 터다.

시계가 왼손잡이용이라는 걸 모르고 사 온 히카루의 아버지도, 그걸 고등학생이 되어서 차기 시작한 히카루도, 둘 다 이제 이 세상에는 없다.

"내가 진짜 히카루가 아니라서? 역시 내로는 안 되나?"

"당연하지."

내뱉은 말은 생각보다 훨씬 더 날카로웠다. 목이 확 뜨거워지며 피가 배어나는 느낌이 들었다.

"니……니는! 목소리도 생긴 것도 말투도 히카루랑 똑같지만, 히카루가 아니다이가……!"

창문을 적시는 빗소리가 유독 커진 것 같았다. 투둑투둑, 투둑투둑. 연약하게 유리창을 때리고서 긴 물방울을 만들며 흘러내렸다.

비슷한 물방울이 자신의 왼쪽 눈에서도 흘러내렸다.

히카루는 요시키의 팔을 잡은 채 아무 말도 하지 않았다. 그러다 빗소리만이 울리는 기나긴 침묵 끝에 작게 입을 열었다.

"미안. 그렇제."

그건 글치. 그렇제. 글치, 글치. 담담히 말하는데, 요시키의 팔을 잡은 손에 점점 힘이 들어갔다.

묵직한 둔통에 손바닥이 쫙 펴졌을 때였다.

"하지만 내는 요시키가 없으면 안 된다. 왜냐하면 내 첫……."

말하면서 히카루는 왼손으로 얼굴을 덮었다.

"이제 어디까지가 내 감정인지 모르겠다."

비틀린 입매로 히카루는 확실하게 「괴롭다」라고 말했다. 「내는 어카면 되는데?」라며 흐느꼈다. 울면서 외쳤다.

"알면서도…… 니가 좋은데, 내는 어쩌란 말이고!"

히카루의 눈에서 확실하게 흐르던 눈물의 색이 달라졌다.

까만 듯한, 파란 듯한, 빨간색인 듯한 초록색인 듯한— 차에 치여 말라 버린 생쥐 같기도 하고, 죽은 물고기의 비린내 나는 비늘 같기도 하고, 비에 젖은 진흙과 차가운 조릿대풀 같기도 했다.

그런 히카루의 얼굴을 찌그러뜨리듯이, 히카루의 내용물이 흘러넘쳤다. 교실 천장을 뚫어 버릴 것처럼 솟구치더니 요시키 쪽으로 쏟아졌다.

천 사이로. 시든 꽃처럼 사람의 머리카락이 흘러내렸다.

―그제야 요시키는 겨우 숨을 쉬었다.

낯익은 교실 천장이 보였다.

네 귀퉁이가 흐릿하게 번져 있는 것은 자신의 두 눈에서 눈물이 흐르고 있기 때문이었다. 시야가 깜빡깜빡 점멸하는 것은 자신이 숨을 헐떡이고 있기 때문이었다.

몸을 일으킨 순간 토기가 올라와서 가슴을 부여잡고 구역질했다.

"히, 히카루······."

그런 자신 곁에서 히카루가 양손에 얼굴을 묻고 있었다.

"안 된다."

축축한 목소리로 그렇게 말하고서 고개를 가로저었다.

"안 된다······ 이 녀석만큼은······."

히카루는 어깨를 떨고서 짧게 「미안」이라고 말했다.

바닥에 던져뒀던 가방을 줍고, 그대로 아무 말 없이 요시키에게서 멀어졌다. 문 근처에 있는 책상에 다리가 걸려서 덜컹거리는 소리가 났다.

"싫어하진 말아 주라."

빗소리에 지워질 만큼 작은 목소리로 그렇게 말하고 교실을 나갔다.

2

 교차로의 신호등에 매달린 길쭉한 그림자를 발견하고, 쿠레바야시 리에는 슈퍼 노조미의 주차장에 통근용 경승합차를 세웠다.
 운전석의 문을 여니, 에어컨을 튼 차내와는 달리 바깥은 습하고 무더웠다. 한 시간 전까지 비가 내렸기에 습도가 높았다.
 하늘은 주황색에서 남색으로 바뀌고 있는데, 기온만큼은 전혀 내려가질 않았다.
 "곤란하네."
 가방에서 꺼낸 핸드타월로 이마를 닦고, 아까 지나친 교차로로 돌아갔다.
 신호등에 매달린 그림자는 커져 있었다. 횡단보도 가장자리에 생긴 물웅덩이에는 그 모습이 비치지 않았다.
 긴 흑발이 바람에 흔들리고, 사람의 얼굴 같은 것까지 보이기 시작했다. 내버려 두면 머지않아 교차로에 떨어져서 큰 사고 한두 개는 일으킬 것이 틀림없었다.
 쿠레바야시는 횡단보도에서 신호를 기다리는 척하며 그림자를 노려보았다. 시큼한 냄새가 났다. 주방 싱크대에 오랫동안 방치한 음식물 쓰레기 같은 냄새였다.
 왼팔에 오른손을 얹고 꾹 힘을 줬다.
 큰 의미는 없지만, 이렇게 하면 자신 안에서 힘의 흐름이 적당히 제어되어, 저것을 토해 내고 있는 곳을 〈닫을〉 수 있었다.

"미안하데이."

그렇게 중얼거리자, 철퍽 소리를 내며 그림자는 사라졌다. 저쪽과 이쪽의 출입구가 강제로 닫히며, 그 경계에서 이쪽에 얼굴을 내밀고 있던 그것은 저쪽으로 돌려보내졌다.

버드나무처럼 수상쩍게 흔들리던 긴 흑발도 바람에 지워졌다.

쿠레바야시는 그것을 〈부정함〉이라고 불렀다.

"가능하면 무턱대고 이런 짓 하고 싶진 않지만, 이래 많이 늘어나면 어쩔 수 없지."

모든 부정함이 사람에게 해를 끼치는 건 아니고, 수가 적다면 인간의 생활에 크게 영향을 주지 않는다는 것도 안다. 하지만 최근에는 수가 너무 늘어났다.

후우, 하고 한숨을 쉬고서 쿠레바야시는 타월로 목덜미를 닦았다.

자신이 할 수 있는 일은 그리 많지 않았다. 그녀가 할 수 있는 일이라고는 이쪽으로 나와 버린 부정함을 돌려보내고 〈구멍〉을 막는 것뿐이었다.

부정함을 소멸시키지는 못했다. 그들이 드나드는 구멍도, 너무 커지면 대응할 수 없다.

그래도 이렇게 구멍을 닫을 때마다 옛날 일이 생각났다.

큰아들은 아직 초등학생이었다. 집에서 쓰러져 움직이지 않는 아들의 몸을 일으켰을 때의 감촉이 손바닥에서 생생히 되살아났다. 약해 빠진 엄마 때문에 다치고 만 아들과는 오랫동안 만나지 못했다.

노조미로 돌아가며 츠지나카 요시키라는 고등학생을 떠올렸다.

너무나도 성가신 것을 짊어지고 만 소년. 이 세상 것이 아닌 존재와 엮이고, 영향을 받아서, 부정함에 가까워져 버린 소년.

쿠레바야시는 그런 존재를 〈섞인 것〉이라고 불렀다.

그 아이는 그 후 어떻게 했을까.

사람이 아닌 정체 모를 것이라는 걸 알면서도 섞여 버릴 만큼 친하고 소중한 존재를 지니고서— 과연 그 아이는 그 사람의 죽음을 넘어설 수 있을까.

이해하고, 납득하고, 슬퍼하고 또 슬퍼한 결과 후회하고, 애도하고, 기도하여, 한 사람의 길을 걸어 나갈 수 있을까.

"당연히 여친일 줄 알았는데."

운전석으로 돌아가 무심코 중얼거렸다. 츠지나카 요시키의 〈친구〉는 대체 어떤 아이일까. 아니, 어떤 아이였을까.

시동을 걸려다가, 간장과 달걀이 다 떨어졌다는 게 생각났다. 황급히 차에서 내려 「아~ 덥다, 더워」라고 투덜거리며 슈퍼로 향했다.

3

며칠간 비가 내렸던 게 거짓말처럼 느껴지는 푸른 하늘이었다. 산을 삼킬 듯한 거대한 적란운은 방과 후에도 사라지지 않았다.

집에 갈 채비를 하며 요시키는 팔에 남은 멍을 내려다보았다.

비는 그쳤어도, 히카루에게 잡혔던 자국은 무섭도록 선명하게 남아 있었다.

"야. 니, 히카루랑 뭔 일 있었나?"

가방을 든 아사코가, 목소리는 평소와 똑같지만 어딘가 살피듯이 물었다. 유우키까지 같이 온 걸 보면 요시키는 자기도 모르게 「무슨 일 있었습니다」라는 얼굴을 하고 있었던 모양이다.

"히카루가 학교를 쉬질 않나, 요시키도 어두운 오라를 팍 풍기고 있고."

"어제 그러고 둘이 싸웠나?"

유우키의 물음에 이도 저도 아닌 애매한 반응을 할 수밖에 없었다. 싸우긴 했는데 단순한 싸움은 아니었다.

좀 더 질이 나쁘고, 질척거리고⋯⋯ 몸이 떨리는 것조차 잊어버릴 만큼 기분 나쁘고 무서웠다.

"뭔 일 있었는진 모르겠지만 화해하면 좋겠다. 걔, 요즘 요시키에 대한 애정이 흘러넘치는데 좀 불쌍하다 아이가."

"⋯⋯뭐?"

요시키가 고개를 들자 아사코는 「진짜로, 진짜로」라며 고개를 끄덕였다.

"그리고 같이 있는 편이 좋을 것 같다는 생각도 들고."

"아니 근데, 히카루 요즘 진짜 요시키를 잘 따르는 것 같지 않나?"

"지 애비 뒤를 쫓아다니는 애새끼 같드라."

갑자기 말투 뭔데! 하고 유우키가 아사코의 뺨을 꼬집자, 아사코가 최근 빠져 있는 조폭 영화 이야기로 넘어가면서 얘기는 끝났다.

조폭 영화의 대사를 주고받으며 장난치는 두 사람을 보고 있자니 어째선지 어제 본 히카루의 웃긴 얼굴이 떠올랐다.

그뿐만이 아니었다. 요시키의 이름을 부르며 달려오는 히카루의 얼굴이 차례차례 떠올랐다. 그중에는 분명 히카루의 기억도 섞여 있을 것이다.

하지만 마지막에 다다른 것은 교실 바닥에서 눈을 뜬 요시키 옆에서 울고 있던 히카루의 모습이었다.

"……사과하고 싶다."

말하고 나서 자신의 목소리임을 깨달았다. 신나게 조폭 영화 얘기 중인 유우키와 아사코에게는 들리지 않은 것 같아서 요시키는 조용히 심호흡했다.

"낸 먼저 간다."

가방을 메고, 그 이상은 아무 말도 하지 않고 교실을 나갔다. 아사코가 「어? 응, 잘 가래이」라며 손을 흔들었지만 요시키는 돌아보지 않았다.

1층에서 신발로 갈아 신고, 자전거 보관소에서 자전거 핸들을 꽉 잡았다. 손에 땀이 나 있어서 핸들이 미끄덩거렸다.

팔에 남은 붉은 멍이 「니는 최악이다」라고 욕하는 것 같았다.

틀림없이, 히카루는 히카루의 대체품이었다. 자전거 페달을 밟으며 속으로 내씹었다.

나는 못된 놈이라서 이상하고 보고 싶지 않은 것, 내게 불리한 것은 안 보려고 했다. 깊이 생각하지 않으려고 했다. 무시했다.

그럼으로써 멍하니, 아무 일도 없었던 것처럼, 평온하게 살고 있다는 느낌을 받았다. 그랬으면 좋겠다고 바랐다.

하지만 히카루가 완전히 히카루가 될 수 없듯이, 요시키도 히카루를 완전히 히카루로 대하지 못한다.

그 답답함과 불쾌함을, 한심스러움을, 분명 평생 지울 수 없을 슬픔과 후회를, 어제 히카루에게 터뜨렸다.

쨍쨍한 햇빛을 받은 멍은 더 독살스러워 보였다. 이것도 분명 단순한 멍이 아니다.

그런데도 나는 지금 이렇게나 사과하고 싶다는 생각을 하고 있다.

공포도 불안도 전부 마비되어 버려서, 사정을 알아준 사람의 충고조차 무시하고, 사과하고 싶다고 생각해 버렸다.

학교가 있는 산 중턱에서 마을로 내려가는 길에, 자전거를 탄 자신의 그림자가 까맣게 드리워져 있었다. 이마에서 흐른 땀이 눈꼬리를 스치고 관자놀이를 지나 후방으로 날아갔다.

"히카루, 요시키 왔다~!"

엄마가 부르는데도 히카루는 나오지 않았다. 익숙한 복도를 지나 다다미방의 문을 열자, 담요를 뒤집어쓴 히카루가 구석에 있었다.

머리까지 담요를 푹 뒤집어쓰고서 일언반구도 없었다.

"히카루."

대답은 없었다. 상관하지 않고 요시키는 그의 앞에 앉았다.

"어제는, 미안했다."

얇은 천 너머에서 히카루가 작게 숨을 삼킨 것 같았다.

느릿느릿 고개를 들었다.

"왜 요시키가 사과하는데?"

"내가 심한 말 했다 아이가."

—미안하다. 그렇게 말을 잇자 히카루의 「왜?」라는 말이 동시에 나왔다.

"내야말로…… 니한테, 그런……."

"이제 개안타니까."

담요 틈으로 손을 뻗었다. 히카루가 몸을 뒤척이더니 오른손을 쑥 내밀었다. 그러자 히카루 속에 손을 집어넣었을 때의 감촉이 문득 되살아났다.

요시키가 순간적으로 거리를 벌려서 히카루가 상처받았음을 알 수 있었다. 손끝만 보고도 알 수 있었다.

"거봐라, 움찔~ 해 갖곤. 내한테 쫄았다 아이가. 미안하데이."

"아, 안 쫄았거든?"

아닌 척하며 손끝에서 눈을 돌리고 「참 나」하고 시치미를 뗐다.

그래도 히카루는 「거짓말……」이라고 말하며 담요를 휘감은 채 고개를 저었다.

"그런 걸 보여 줬는데. 완전 징그럽다 아이가. 창피하다."

꿈틀거리는 담요 속에서 거듭 들리는 창피하다는 말에 요시키는 「어?」하고 고개를 갸웃했다.

"아, 그쪽……?"

히카루는 답하지 않았다.

"아니, 그건 내가 그런 말을 했으니까."

"미안."

몸을 움츠린 히카루가 몇 번째인지 모를 사과를 했다.

"……내가 싫어졌나?"

싫어지지 않았다. 그렇게 즉답하는 건 거짓말이라는 생각이 들었다. 하지만 히카루가 싫어질 리 없다는 것도 사실이었다.

미간 부근에 닿는 히카루의 시선이 느껴졌다. 내리깔고 있던 시선을 들자 히카루와 눈이 마주쳤다. 어릴 때부터 보아 온 눈동자가 담요의 작은 틈새 속에서 흔들리며 요시키를 보고 있었다.

히카루가 담요에서 불쑥 얼굴을 내밀었다. 코끝이 스칠 듯한 거리에서 이름을 불렀다.

"요시키, 내 있제……."

울먹거리는 히카루의 두 눈에 자신의 모습이 어렴풋이 담겨 있었다.

"니 옆에 있을 수만 있어도 된다. 이제 니가 누굴 만나든 신경 안 쓸게. 니한테 미움받는 것만큼은 싫다. 이제 그런 짓 안 하께……."

히카루는 펑펑 울고 있었다. 그답게 정신없이 흐르는 눈물을 닦지도 않고「이제 그런 짓 안 하께」라고 거듭 말했다.

"니 친구 몸을 멋대로 쓰고 있는 녀석이 뻔뻔하게 굴어서 미안하데이."

강아지가 어미에게 몸을 기대듯이, 히카루가 요시키의 가슴에 이마를 문질렀다. 이 녀석은 위험하다. 아는데도 히카루의 머리카락을 만지고 말았다. 살짝 곱슬기가 있는 단단한 모발을 빗겨 주고 말았다.

이 녀석은 위험하다. 위험하지만······.

"넌 역시 히카루보다 어린애 같다."

정말로, 정말로 이 녀석은 위험하기만 할까? 히카루를 모방한 지 아직 반년도 안 된 히카루는 그저 아무것도 모르는 게 아닐까.

그렇다면―.

"개안나?"

조심조심 묻는 히카루는 교복을 입고 있었다. 학교에 갈 생각이었던 걸까. 막상 집을 나서려니 어제 일이 생각나서 도저히 갈 수 없었던 걸까.

"넌 애 같고 외로움도 많이 타네."

후후, 하고 웃음이 나오려는 것을 참았다. 만약 히카루가 갓 태어난 강아지나 새끼 고양이와 똑같다면 내가 가르쳐 줘야 한다.

"외로움······."

자신의 가슴속을 들여다보는 것처럼 히카루가 눈을 굴렸다. 저쪽을 봤다가, 이쪽을 봤다가, 요시키에게 돌아왔다.

"이런 걸『외롭다』고 하는구나. 낸 줄곧 외로웠던 기가?"

"글쎄."

위험하다. 이 녀석은 위험하다. 귓속에서 자신의 목소리가 경보처럼 메아리쳤다.

그래도, 히카루를 사랑스럽다고 여기고 만다.

제4장 히카루가 아른거린다

1

"어~이, 멘치~."

여름의 햇볕을 듬뿍 받아 파릇파릇하게 빛나는 강아지풀을 좌우로 흔들며, 히카루가 관목화단을 향해 말했다.

멘치 형님은 화단 안쪽에서 새하얀 몸을 웅크리고 이쪽을 엿보고 있었다. 귀찮은 손님이 찾아왔다고 생각하는 것 같은 얼굴이었다.「뭐 하는데? 빨리 집에나 가라」라고 말하고 싶은 것처럼 금색 눈동자를 데굴거렸다.

"아~ 전혀 안 다가오네."

키보우가야마 고등학교 부지 내에 나타난 멘치 형님은, 항상 도시락 반찬을 주는 여학생 그룹이 아니라 히카루에게 발견되고 말았다.

멘치 형님은 여전히 히카루를 따르지 않았다. ……확연하게 경계하고 있었다. 고양이 나름대로 히카루가 일단 인간은 아니라는 걸 알아차린 걸까.

"니가 어지간히도 싫은갑다."

요시키가 몸을 굽히고 손을 내밀자, 멘치 형님은 간단히 양지로 나왔다. 요시키의 왼쪽 종아리에 새하얀 털을 슥 문지르고 기지개까지 켜서 착하다고 쓰다듬어 줬다. 히카루는 그 모습을 재미없다는 듯 바라보고 있었다.

"그래도 하악질은 안 하게 됐다 아이가."

"그게 보통이거든?"

이 고양이는 사람을 좋아한다. 먹을 걸 주는 사람은 특히나. 토실토실한 몸을 흔들며「저는 아무거나 다 잘 먹으니 사양 말고 주세요」라고 말하듯 다가온다.

"예전 히카루는 잘 따랐제?"

"아니. 그렇게 따르지도 않은 것 같은데."

"엥, 그랬나?"

손등을 쫙 긁혀서「임마는 악마 고양이다!」라며 난리를 피웠던 게 언제였던가.

"어쨌든 내도 만지고 싶은데."

"어쩔 수 없지."

가방을 뒤적거렸다. 안쪽에 멘치 형님용 간식이 딱 하나 남아 있었다.

스틱형 간식의 끝을 찢자, 멘치 형님이 고개를 번쩍 들었다. 금색 눈을 초롱초롱 빛내며 요시키의 오른손에서 시선을 떼지 않았다. 이 녀석의 가치를 멘치 형님은 아주 잘~ 알고 있었다.

"이걸로도 안 되면 포기해라."

"오오~ 준비성 굿이네."

간식을 받은 히카루는 멘치 형님과 비슷한 얼굴로 킁킁 냄새를 맡았다. 그리고「멘치~ 츄릉이데이~」라며 멘치 형님 앞으로 내밀었다.

처음에는 왜 네가 주냐는 얼굴로 그르렁거리던 멘치 형님도 가다랑어와 참치의 풍미에는 저항하지 못한 듯했다. 표정을 싹 바꾸고서 짧은 혀를 바쁘게 놀리며 스틱 끝에 나온 간식을 먹었다.

"요시키, 이 봐래이. 먹는다! 지금이라면 만져도 되지 않겠나?!"

작은 소리로 말하면서도 들뜬 마음을 억누르지 못하며, 히카루는 멘치 형님의 등으로 손을 뻗었다.

뭐, 먹이를 주고 있을 때 정도는 손을 허락하겠지……. 그렇게 생각했지만, 놀랍게도 히카루는 멘치 형님의 옆구리 부근을 검지로 푹 찔렀다.

코딱지라도 파는 것 같은 거친 손길에 멘치 형님의 눈이 휘둥그레졌다.

아니, 평범하게 만지라고. 만지는 방식이 뭐 이래? ─마치 그렇게 말하고 싶은 것처럼 히카루를 노려본 멘치 형님은, 뚱뚱한 몸으로는 상상이 되지 않는 날렵함으로 화단 너머로 사라져 버렸다.

"아……."

검지를 세운 채 멍하니 멘치 형님을 배웅하는 히카루를 보고, 요시키는 참지 못하고「만지는 폼이 와 글노……」라고 중얼거렸다.

히카루는 이런 식으로 만지지 않았던 것 같다. 그렇다면 방금 그건 히카루 나름의 흥미와 호기심이 발동해 그렇게 행동한 걸까.

그렇다고 해도 너무한 방식이었다. 어이가 없어서 웃으려고 했더니, 히카루의 깊디깊은 한숨에 선수를 뺏겼다.

"내란 놈은 진짜―."

말은 이어지지 않았다. 입을 다문 히카루에게 요시키는 조심조심「와 그라는데?」라고 물었다.

"아니, 뭔가……. 주변을 전혀 못 보는 내가 너무 한심하다. 요전번 일도 그렇고, 동요하면 징그러운 게 나오는 것도 안 그러고 싶다."

목덜미를 긁적이며 눈을 내리까는 히카루를 보고 있자니, 담요를 뒤집어쓰고서 자기 자신을 징그럽다고 말하며 훌쩍이던 녀석이 생각났다.

히카루는 확실히 어린애 같지만, 그래도 이 녀석 나름대로 자신을 부끄러워하거나 달라지고자 하는 부분이 있었다.

과연 그건 좋은 일일까.

이 녀석이 조금씩 성장하면 자신의 주위에서 대체 무슨 일이 일어날까. 상상하자 팔뚝이 뻣뻣해지고 소름이 돋았다.

"아, 멘치 형님 똥 싼다."

화단 안쪽을 가리키며 깔깔거리는 히카루를 곁눈질하면서 살며시 자신의 팔뚝을 만졌다.

이런 녀석을 어쩌란 건지. 그런 곤혹이 확실히 있었다. 공포도, 물론 있었다.

하지만 히카루가 있는 일상이 그런 감정조차 쓸어 가 버렸다. 그걸 기대하고서, 마주해야만 하는 것을 외면하고 있는 자기 자신도 눈치채고 있었다.

  부엌 쪽에서 엄마와 카오루의 목소리가 들렸다.
  목소리는 점점 커지며 살짝 말싸움처럼 되어 갔다. 요시키는 스마트폰을 한 손에 들고 센베이를 먹으며 살며시 귀를 기울였다.
  결국 켄지 형님에게 차이고 『마스터 마스터』를 읽고 싶다며 요시키의 집에 온 히카루는 침대에 누워 묵묵히 단행본의 페이지를 넘기고 있었다.
  하지만 역시 히카루도 1층에서 「얘가 정말~!」이라는 큰소리가 날아들자 고개를 들었다. 「내 유카타 입고 싶다~」라며 조르는 카오루의 목소리도 들렸다.
  "카오루, 뭔 일 있나?"
  "아~ 이번 여름 축제 때 유카타 입고 싶다 카더라."
  카오루는 최근 키가 커서 유카타 기장이 맞지 않게 됐다. 꼭 입고 싶다면 바느질을 잘하는 미카사 아주머니에게 수선해 달라고 해야 했다. 직접 가서 부탁하라는 엄마와, 엄마가 수선해 달라는 카오루의 싸움은 어젯밤부터 계속되고 있었다.
  귀찮으니 슬슬 결판이 났으면 좋겠다. 그렇게 생각하는 요시키 옆에서 히카루가 만화를 내던지더니 아주 신난 목소리로 「아, 맞네!」라고 외쳤다.
  "여름 축제가 있었제!"
  요시키의 침대 위에서 데굴데굴 구르며 「기대되네~」라며 웃었다. 자신 안에 있는 여름 축제의 기억을 꺼내 하나하나 나열하고 바라보듯이.

"빙수라든가, 올해도 이것저것 판다더라."

"완전 재밌겠네. 카오루랑 셋이서 가자."

훗, 하고 웃음소리가 입가에서 흘러나왔다. 가슴에 퐁 떨어지는 아련한 웃음소리였다.

위화감도, 불안도, 공포도, 이렇게 히카루 안의 히카루로 덮어씌워진다. 요시키의 두 눈을 인도우 히카루의 손이 덮는다.

결국 유카타는 엄마가 미카사 아주머니 댁에 가져간 것 같았다.

이러니저러니 해도 엄마는 카오루에게 물렀다.

*

히카루가 손꼽아 기다리던 여름 축제는 그렇게 규모가 크지 않았다.

쿠비타치에 있는 니사 신사라는 작은 신사에서 열리는데, 특별한 제사가 있지는 않았다. 아이의 수가 극단적으로 줄어든 쿠비타치의 축제다. 일단 노점도 내고 본오도리도 추지만 규모는 그렇게 크지 않았고, 매해 열리는 시시한 여름 축제에 불과했다.

다만 수가 적은 만큼, 아이에게는 무료로 음식을 주는 노점이 많았다.

"축제다~ 여름 축제다!"

늘어선 노점에서 풍기는 음식 냄새와 머리 위를 장식하는 등롱의 불빛을 히카루는 신기해하며 둘러보았다. 이따금 홍조 띤 얼굴로「오오」하고 감탄했다.

"카오루, 발 안 아프나?"

카오루에게 물어보는 목소리조차 잔뜩 신나 있어서, 분홍색이나 노란색으로 불늘어 있는 것처럼 들렸다.

"개안타."

카오루는 깔끔하게 기장을 수선한 꽃무늬 유카타에 맞춰 머리장식을 달고 주머니가방까지 들었지만 신발은 운동화였다.

조리를 신더라도 어차피 금방 발이 아프다고 울상을 지을 거라며, 나오기 직전에 억지로 운동화를 신겼다.

지나가던 이웃 아주머니가「어머나, 카오루! 유카타 예쁘네~」라고 말하자 카오루는 어색한 듯 목을 움츠렸다. 동생은 전형적인 방구석 여포였다.

"잘됐네."

뺨이 빨개진 카오루를 툭 건드렸더니, 근처 노점에서「야야~ 거기 아그들 셋!」하고 호탕한 목소리가 날아왔다.

"자, 타코야키 무그라."

시원시원하게 웃으며 타코야키 팩을 카오루에게 내민 것은 요시키도 잘 아는 카메야마 아저씨였다. 매년 여름 축제 때 뭔가 노점을 내는데, 올해는 타코야키 가게를 하고 있었다.

"오오~! 잘 먹을게요!"

쭈뼛거리며 타코야키를 받은 카오루와는 정반대로 히카루는 활짝 웃었다. 카오루도 어지간하지만 히카루도 어지간했다.

"어, 뭘 이런 걸 다……."

"개안타, 개안타. 아그들은 공짜다. 뜨거우니까 조심히 무래이."

"카메야마 아저씨, 잘 먹겠습니다. 카오루도 인사해라."

요시키가 재촉하자 카오루는 작은 목소리로 겨우겨우 「가, 감사합니다……」라고 말했다. 카오루가 답답하게 굴어도 카메야마 아저씨는 싫은 내색을 전혀 보이지 않았다.

아저씨의 가슴 부근에서 십자가 펜던트가 번뜩였다. 타코야키 철판에서 올라오는 열기에 그 빛이 일렁거렸다.

카메야마 아저씨 옆에서 열심히 타코야키를 굽는 아들 마사 씨의 목에도 비슷한 게 걸려 있었다.

작년 여름 축제 때도 저렇게 「덥네」「밤이 돼도 기온이 안 내려가」라고 대화하는 부자의 목에 십자가가 걸려 있었던 것 같다. 단순한 액세서리로 여겼던 십자가가 어째선지 지금은 다른 의미를 가지고 있는 것처럼 보였다.

하지만 그런 위화감도 주위의 소란스러움에 금세 쓸려 가 버렸다.

노점이 늘어선 참배길을 수선스럽게 오가는 사람들 쪽에서 「아, 츠지나카 씨 댁의……」라며 자신들을 가리키는 목소리가 들렸다.

"딸애는 아직도 학교에 안 간다매?"

"애 엄마는 뭐 하고 있는 건지."

축제 음악이 둥둥 울려 이렇게나 즐겁고 떠들썩한데, 그 목소리는 기묘하리만큼 잘 들렸다.

 요시키는 카오루를 힐끔 보았다. 카오루는 타코야키를 양손으로 들고서 고개를 숙이고 있었다. 타코야키에서 올라오는 가느다란 김을 하염없이 보고 있었다.

 그걸 아는지 모르는지, 히카루가「야!」라며 이쪽을 보았다.

 "우리 빙수 안 무글래? 어디서 팔드라?"

 "……신사 경내 쪽에서."

 요시키의 말이 끝나기가 무섭게 히카루는「그럼 가자」라며 걷기 시작했다. 카오루의 손을 히카루가 끌고, 요시키의 손을 카오루가 끌었다.

 숙덕거리던 소리는 축제의 떠들썩함에 점차 지워졌다.

 노점이 많은 참배길과는 딴판으로, 경내로 가는 돌길은 조용했다.

 등롱의 붉은빛이 니사 신사라고 이름이 걸려 있는 토리이를 비추고 있었다. 노점도 뜨문뜨문 있고, 축제 음악도 멀어졌다.

 "경내 쪽에 또 머 있었드라?"

 "아~ 야키소바라든가……?"

 히카루와 그런 대화를 나누며 토리이를 지나려고 한 순간— 유리가 깨지는 것 같은 일그러진 파열음이 났다.

 축제 음악과는 달랐다. 축제를 즐기는 사람들의 목소리와도 달랐다.

 무언가가 무언가를 거부하는 소리였다.

 "응……?"

히카루는 토리이 건너편에 멈춰 서 있었다. 카오루가 왜 그러냐며 고개를 갸웃했지만, 히카루는 자신의 손바닥을 바라본 채 아무 말도 하지 않았다.

그 눈이 조용히 토리이를 보았다.

방금 그 소리는 뭐지. 어째서 히카루가 토리이를 못 지나는 거지. 곰곰이 생각하지 않아도 알 수 있었다.

"아…… 미안. 나 잠깐 화장실 갔다 올게. 내 것도 사 주라."

그렇게 말하고서 히카루는 발길을 돌렸다. 오른손을 세게 움켜쥔 채, 뒤돌아보지 않고 토리이에서 멀어졌다.

떠나는 히카루의 입가가 짜증스럽게 일그러져 있는 것이 보였다. 얇은 입술이 「방해되게……」라며 움직이는 것도.

2

참배길 쪽에서는 축제 음악이 떠들썩한데, 희미하게 들리던 그 소리도 타케다 하지메가 「아니, 그니깐!」이라며 테이블을 때리는 소리에 지워졌다.

미카사 테츠는 타케다 앞에 있는 찻잔이 엎어지지 않을까 생각했으나, 찻잔은 살짝 흔들리기만 하고 버텼다.

"인도우 코헤이가 죽고 난 뒤로 아무도 관리 안 한 게 원인이라 안 카나!!"

미카사는 팔짱을 끼고 입을 다물었다. 남의 집에서 잘도 이렇게 큰 목소리를 낼 수 있다며 타케다에게 감탄하고 말았다.

쿠비타치의 지주이기도 한 타케다는 니사 신사의 신관인 미카사보다도 이 마을의 인습에 남다른 고집이 있었다.

나쁘게 말하면 사로잡혀 있었다. 하지만 그건 자신도 마찬가지라며 미카사는 어깨를 떨궜다.

"그래 말해도……. 인도우 쪽 관할 아이가. 관리할라 캐도 아무도 자세히 모를 끼다. 코헤이의 아들은 일주일이나 행방불명됐고, 돌아오긴 했지만 아마도 **의식**은 수행 못 했겠지."

"코헤이 금마가 『이래 오래는 못 간다』 캤다. ……기어코 그때가 온 거 아이가?!"

미카사에게 물어봐도 명확한 대답은 할 수 없었다.

주변의 침묵에 한층 더 짜증이 난 듯한 타케다는 고개를 돌려, 아까부터 말없이 술만 마시고 있는 또 다른 사람— 마츠시마 요시히코를 보았다.

"니는 이런 때도 술이 넘어가나? 니도 대단타."

"뭐 어떻노? 하하! 내는 죽을 때까지 하이볼 마실 끼다."

얼굴이 불그스름하고 혀도 살짝 꼬인 마츠시마는 이래 봬도 마츠시마 목재소의 사장으로, 쿠비타치의 임업의 중심을 맡고 있는 남자였다.

옛날부터 뭘 하든 느긋하고 긴장감이 없는 남자였지만, 술, 특히 하이볼이 들어가면 한층 더 했다. 이 심각한 모임에 술병을 들고 오는 녀석이었다.

"근데 진짜로 산에서 그게 없어진 기가? 첨부터 그런 게 있기는 했나?"

"얼빠진 소리!"

타케다보다 먼저 미카사가 참지 못하고 마츠시마를 노려보고 말았다.

"그거는 예로부터 전해 내려오는 쿠비타치의 〈업〉이다. 이 땅에 사는 자가 영원히 여따 가두어 둬야 했던 기다. 이대로 있으믄 마츠우라뿐만 아니라 마을 전체가 난리 나 뿔 끼다……."

어째서 마츠우라가 죽었는가. 어째서 마츠우라 가문의 인간이었나. 미카사도 알 수 없었다.

다만 이대로 사태를 방치하면 분명 또 사망자가 나올 것이다. 그것만큼은 확신했다.

인도우 코헤이가 없는 지금, 그걸 저지하고자 움직이는 것은 자신과 타케다, 그리고 마츠시마의 역할이기도 했다.

미카사는 코로 크게 숨을 들이마시고 타케다를 보았다.

"하지메, 타나카한텐 연락했나?"

"……했다. 어지간하면 연락 안 할라 캤는데, 찬밥 더운밥 가릴 때가 아니다이가."

못마땅하게 고개를 끄덕인 타케다가 인상을 확 썼다. 식은땀인지, 단순히 방이 더운 건지, 작은 땀방울이 찌푸린 미간을 따라 흘러내렸다.

미카사도 솔직히 타나카와는 빈번히 얼굴을 맞대고 싶지 않았다. 그 남자가 온다는 것은 요컨대 그 땅에 재앙이 닥쳤다는 뜻이니까.

"그렇제. 찬밥 더운밥 가릴 때가 아니지."

3

"어라? 카오루는?"

참배길을 벗어난 둑에서 빙수를 들고 기다리고 있으니 히카루는 금방 왔다.

노점에서 호객하는 소리가 들렸지만, 풍향 때문인지 소스 냄새도 달콤한 솜사탕 냄새도 풍겨 오지 않았다.

대신 옆에 있는 시냇물에서 진흙의 풋내가 났다.

"오이절임 사러 가는 김에 엄마한테 돈 받으러 갔다."

그러면서 빙수를 내밀자 히카루는 「앗싸~ 땡큐」라며 요시키 옆에 앉았다. 블루하와이 시럽은 옥외등 아래에서 보니 어두운 파란색을 띠고 있었다. 요시키의 레몬맛 빙수는 칙칙한 초록색이었다.

"줄곧 궁금했는데 있제, 블루하와이는 뭔 맛인데?"

"무슨 맛이라고 할 것도 없는 게, 빙수에 뿌리는 시럽은 전부 똑같은 맛이라 카더라."

아니나 다를까 히카루는 「뭐?!」 하고 외치며 스푼빨대를 떨어뜨릴 뻔했다.

"색만 입혀도 사람은 맛이 다르다고 느낀다던데."

"진짜가……."

히카루는 허망하다는 얼굴로 빙수를 폈다. 시럽이 듬뿍 뿌려진, 월등히 파란 부분.

푹 소리가 나고, 곧장 맛있다는 둥 차갑다는 둥 반응할 줄 알았는데, 히카루는 스푼을 입에 문 채 당분간 침묵했다.

그러더니 천천히 요시키를 보았다.

"그럼, 내는?"

손에 든 빙수 그릇이 아리도록 차갑다는 생각이 들었다. 「어?」라는 목소리는, 잠겨서 나오지 않았다.

"생긴 게 똑같으면 똑같다고 느끼나?"

얼마 전— 담요를 뒤집어쓰고서 「……내가 싫어졌나?」라며 매달리던 히카루의 얼굴이 떠올랐다.

〈히카루〉라면, 그런 표정을 안 짓겠지.

"……전혀."

작게 고개를 가로저었더니 어째선지 히카루는 시선을 피했다. 「헤에」도, 「오호」도 아닌 애매한 맞장구를 치고서 빙수를 퍼먹었다.

"어째 기뻐 보인다?"

"어? 글나?"

아, 얼버무렸다. 그런 주제에 본인이 견디지 못하고 「아~ 쪽팔린다」라며 싹 비운 빙수 그릇을 요시키에게 던졌다. 그릇 바닥에 살짝 남은 물방울이 블루하와이의 인공적인 파란색으로 물들어 있었다.

"야, 벌써 다 무긋나?"

하하! 하는 웃음소리를 덮듯이 히카루가 요시키를 불렀다.

"요시키, 니 있제."

"응?"

"생긴 게 똑같아도 똑같이 느껴지지 않으니까 내가 〈진짜 히카루〉가 아니라는 걸 안 기가?"

히카루의 시선이 자신의 미간 언저리에 꽂히는 게 느껴졌다. 여름밤이면 온 마을에 울릴 터인 개구리 소리가 오늘은 들리지 않는다는 것을 알아차렸다. 시냇물도 소리 없이 흘렀고, 나뭇잎들도 역시 소리 없이 흔들리는 기척만 났다.

히카루에게서 천천히 눈을 돌렸다.

"아이다."

정신 차리고 보니 그렇게 말하고 있었다.

"내는, 히카루의 시체를 봤거든."

―절대 찾으러 가려고 하지 마! 제발 집에 있으렴!

그날, 엄마는 요시키에게 그렇게 말했다.

폭풍이 거센 날이었다.

소나기인 줄 알았던 호우는 밤이 되어도 잠잠해질 기미가 없었고, 산간 마을인 쿠비타치에는 천둥이 쳤다. 땅이 울릴 정도로 거센 비였다.

온 마을의 어른들은 그런 날씨 속에서 수색에 나섰다.

인도우 히카루— 사리 분별이 가능해졌을 때부터 함께 지냈던 그를 모두가 찾고 있었다.

"오빠…… 어디 가는데?"

현관에서 비옷을 입은 요시키에게 카오루가 조심조심 물었다. 거실은 환하게 불이 켜져 있는데 현관은 캄캄하던 것이 기억난다.

"잠깐 밖에 보고 올 끼다."

장화에 발을 넣자 카오루는 미심쩍다는 듯 말했다.

"거짓말. 어른들이 찾으러 갔으니까 애들은 집에 있으라고 엄마가 그랬다 아이가."

"금방 돌아오께."

손전등을 들고 현관문을 열었다.「꼭 돌아와야 한디」라는 카오루의 말이 세찬 비바람 소리에 섞여 들렸다.

히카루는 산에 간다고 했다. 요시키가 엄마에게 그렇게 알려 줬기에, 어른들은 쿠비타치를 에워싼 카사산, 후타카사산, 마츠산을 각각 찾고 있는 것 같았다.

특히 히카루의 할아버지가 후타카사산에서 표고버섯 농사를 짓고 있으니, 그 주변을 찾는 데 일손을 할당했을 터다.

하지만 수색이 시작되고 꽤 지났는데도 히카루는 발견되지 않았다.

쏟아지는 비 때문에 몇 미터 앞도 제대로 안 보이는 가운데, 요시키는 카사산도 후타카사산도 마츠산도 아닌 곳으로 향했다.

히카루의 집 뒤편에 있는 니사산— 지반이 약하고 곰 등의 짐승이 나오기에 들어가면 안 되는 산, 즉 금족지. 아이는 특히나 가까이 가면 안 된다고 했다. 쿠비타치 사람은 들어가지 않으려고 하는 곳이었다.

산에 간다고 한 히카루가 발견되지 않는다면, 그는 니사산에 간 게 아닐까. 지레짐작이든 착각이든 뭐든 좋았다.

「히카루는 이 산에 없다」라는 것을 알 수 있다면 그걸로 좋았다. 따뜻한 집에서 아무것도 안 하고 기다리는 것보다는 훨씬 낫다.

간신히 포장되어 있던 길이 자갈길이 되고, 비에 흐무러진 진흙길이 되고, 그 길조차 없어졌다.

"야야! 찾았나―?"

빗소리 너머에서 사람의 목소리가 들렸다. 어둠 속에서 손전등 빛이 몇 개 흔들리고 있었다. 니사산에도 수색대는 와 있는 모양이었다.

그래도 요시키는 발을 멈추지 않았다.

비옷 안이 목덜미까지 다 젖고, 자신의 뺨을 타고 흐르는 것이 빗방울인지 땀방울인지 알 수 없어졌다.

진흙투성이가 된 장화를 질질 끌며, 젖은 덤불을 헤쳐 나갔다.

히카루의 이름을 몇 번 불러 봤지만, 빗소리와 천둥소리에 바로 지워져 버렸다. 진흙을 밟는 자신의 발소리에 자신 안의 무언가가 점점 깎여 나가는 느낌이 들었다.

멀리서 들리던 수색대의 목소리가 들리지 않게 되면서 자신의 숨소리만 남았다.

숨에 한심한 코맹맹이 소리가 섞여 있었다. 배고픈 고양이처럼,

어미를 찾는 개처럼, 떨리는 소리가.

이마에서 흐른 물방울이 눈에 들어갔다. 일그러진 시야는 눈을 깜빡여도 전혀 깨끗해지지 않았다. 젠장, 하고 몇 번이나 중얼거리며 눈가를 닦았다.

손전등 빛이 검은 그림자를 포착한 것은 바로 그때였다.

"……히카루."

부름은 천둥소리에 지워졌다.

인도우 히카루는 하얗게 빛나는 조릿대풀 속에 누워 있었다.

틀림없이 히카루였다. 잊으려고 해도 잊을 수 없다. 떨어지려고 해도 떨어질 수 없다. 소중히 여기는 것을 몇 개 잃더라도, 분명 이 녀석만큼은 잃을 수 없다.

양손으로 뺨을 만졌다. 차가웠다. 돌 같았다. 입술은 하얬고, 가슴은 오르내리지 않았다.

조릿대풀 끝에서 떨어진 커다란 물방울이, 이상하리만큼 깨끗한 히카루의 이마를 타고 흘러내렸다. 손끝으로 그걸 슬쩍 문질렀더니 에일 듯이 차가웠다.

시체란 건, 의외로, 깨끗하네. 멍하니 그렇게 중얼거리는 자신의 목소리가 귀 안쪽에서 들렸다. 왜지? 아, 그래…… 겨울이라 그런가다. 냉정히 주위를 둘러보고, 얼른 다른 사람에게 알려야 한다며 행동하려고 했다.

그런데 정신 차리고 보니 요시키는 집에 있었다.

쫄딱 젖은 채, 현관에서 엄마에게 안겨 있었다. 거실에서 카오루가 살며시 얼굴을 내밀고 있었다.

"지금 소방대원들이 열심히 찾고 있어."

아니다. 나는 히카루를 찾았다. 진흙이 들러붙은 입술은 떨려서 아무 말도 할 수 없었다.

"그러니까 괜찮아……!"

그게 아니래도.

입을 열었더니 신음만 흘러나왔다. 엄마가 요시키를 부르며 어깨를 흔들었다. 뺨을 두드렸다. 「열이 엄청나잖아……!」하고 목을 경련시키며 외쳤다.

그 후 요시키는 며칠간 고열에 시달리며 앓아누웠다. 대체 며칠을 앓았는지 알 수 없을 만큼 꿈과 현실의 경계를 헤맸다.

열이 내렸더니, 「히카루」가 있었다.

키보우가야마의 시립 병원에 입원한 히카루는 침대 위에서 씩씩하게 웃고 있었다. 멍한 정신으로 달려간 요시키를 놀리듯이.

"―몇 번이나 꿈인가 싶었는데, 현실이더라."

히카루의 시체를 찾은 건 꿈이었다. 그렇게 여길 방법은 많았다. 생각하길 그만둘 기회도 얼마든지 있었다.

하지만 그럴 수 없었다.

"그거 말고도 이것저것 위화감이 들었지만, 그렇다고 해서 보통…… 딴 사람이라고는 생각 안 하제."

숨을 쉬지 않던 히카루의 차가운 뺨과 손끝에 묻었던 피의 감촉을 요시키는 여전히 기억한다. 방금 먹은 빙수의 맛보다도 훨씬 선명하게.

아무리 닦고 또 닦아도, 히카루의 죽음을 지울 수 없었다.

"어…… 니 진짜……."

양손으로 입을 가린 히카루는 어깨를 떨궜다. 손가락 사이로 「장난 아니네……」라는 한숨까지 흘러나왔다.

"아마 그때 이미 〈내〉였겠지만, 몸을 수복하기까지 며칠 걸렸던 거 같으니까 그때 봤겠네."

이 녀석이 그렇게 말한다면 그럴 것이다.

"반년 동안 줄곧 속에 담아두고 있었던 기가?"

"그래서 잠을 못 잤다 아이가."

미간이 욱신거려서 요시키는 고개를 숙였다. 무릎을 끌어안고 팔에 얼굴을 묻었다.

히카루를 보고 싶다. 졸졸 흐르는 시냇물에 나뭇잎 배를 띄우듯이 그렇게 생각했다. 히카루. 다른 누구도 아닌 네가 보고 싶다.

"하아…… 젠장."

이 좁은 마을에는 히카루의 기억이 곳곳에 있었다.

서로의 집, 그 사이를 잇는 평범한 길, 논을 둘러싼 돌담, 키보우가야마에 가는 흙먼지 앉은 아스팔트 길, 햇볕에 탄 도로 반사경, 색 바랜 우체통, 물놀이했던 강— 히카루가 없었던 곳이 없다.

그래서 어디에 있어도 불현듯 히카루가 아른거린다.

"왜 멋대로 죽어 버렸냐고……."

악문 이 사이로 흘러나온 분노는 결국 흐느낌이 되어 버렸다.

—얼른 집 나가고 싶다.

중학생 때, 히카루에게 그렇게 말한 적이 있다. 분명 1학년이었을 때다.

둘이서 후타카사산에서 흐르는 강의 상류에 민물 게를 잡으러 갔고, 샌들을 신고서 강에 들어가는 히카루의 뒷모습을 요시키는 평평한 바위에 앉아 바라보고 있었다.

물이 튀어 티셔츠 자락이 젖는데도 아랑곳하지 않고 개울을 들여다보는 히카루를 보고 있자니 불쑥 말이 튀어나와 버렸다.

"응? 왜? 요시키는 도시로 가고 싶나?"

"시골은 거지 같다."

히카루의 목소리가 태평해서, 자신의 목소리가 한층 더 거무칙칙하게 들렸다. 어린애 같은 반항이 아니라, 진짜로, 진심으로, 나는 이 거지 같은 시골을 싫어한다는 걸 그때 확실하게 느꼈다.

"왜 다들 그렇게 우리 가족 일에 관심이 많은 긴데?"

"아~ 느그 부모님 또 싸웠나?"

하하하 웃는 히카루와 달리 요시키는 강바닥을 노려보았다. 신경질 날 만큼 맑은 물속에서, 새끼손가락만 한 작은 물고기가 흐름을 거슬러 헤엄쳐 갔다.

"우리 부모님, 사이 나쁘니까 맨날 싸우는데. 야사부로 할머니라든가, 들으라는 듯이……."

엄마가 도쿄 사람이라서 그런 걸까. 그저 말투가 좀 도회적일 뿐인데, 뭐가 그렇게나 궁금한지.

남의 집 사정을 염탐하고 흉보는 게 뭐가 그렇게 즐거운 걸까.

"근데 야사부로네도 얼마 전에 대판 싸웠다 아이가. 대를 이어야 할 유스케가 병에 걸렸다 카드만."

"병 아이다."

득달같이 부정했다가 한순간 당황하여 「유스케는, 병에 걸린 거 아이다」라고 다시 말했다.

"동성애자다."

"흐응~ 엘지비티?"

"낸 모른다."

변함없이 태평하고 둔감한 어조에 짜증도 났고 안심도 됐다. 이 이상 히카루에게 이 얘기를 하고 싶지 않았다.

"이 마을은 너무 좁다. 너무 좁아서 숨도 제대로 못 쉬겠다."

분명 야사부로네 유스케도 그럴 것이다.

히카루가 강물을 첨벙 차올렸다. 그 소리가 노래하듯 경쾌했다. 음표가 흩어지듯 수면이 물결치며 하얗게 빛났다.

"그라믄 있제, 오늘 울 집에서 자고 가라."

"뭐?"

"시골은 거지 같아도 우리 집에 있는 동안에는 즐겁다이가! 도시로 가고 싶어지든 울 집에 오면 된다!"

그런 간단한 문제가 아니다. 그런 가벼운 분노가 아니다.

하지만 히카루의 말끝에서 빛나는 느낌표는 언제나 요시키의 가슴에 자리한 안개를 잠시 걷어 냈다.

아무리 거지 같은 시골이어도, 히카루와 함께 있는 동안에는 숨쉬기 편했다. 이 녀석의 주위는 공기가 짙었다.

그것조차 없어지는 날이 올 것을 어렴풋이 알기에, 그래서 나는 이곳을 나가고 싶은 거겠지.

"요시키, 이거 봐라!"

금색으로 빛나는 수면에 손을 푹 집어넣은 히카루가 게 두 마리를 잡아 올렸다.

"게다! 게!"

비린내 나는 게를 요시키의 양 뺨에 꾹 누르는 것을 겸허히 받아들였다.

그 얼굴이 그렇게나 재미있었는지, 히카루는 눈물까지 글썽거리며 깔깔 웃었다.

그랬던 일이, 개울 소리를 들으면 생각난다.

히카루가 이름을 불렀다. 목소리는 똑같은데, 결국 히카루가 아닌 히카루다.

그가 당혹스러워하면서도 손을 내미는 기척이 느껴졌다. 따뜻한 손이 요시키의 어깨를 만지려다가 조용히 멀어졌다.

바스락, 옷과 풀과 흙이 스치는 소리가 났다.

"내는 딴 데 좀 둘러보고 오께."

떠나려는 히카루의 티셔츠 자락을 꽉 잡았다.

히카루가 아니라는 걸 아는데 이렇게 매달리고 만다. 이 녀석의 티셔츠를 놓지 못한다.

난처한 모습으로 그 자리에 우두커니 선 히카루는 잠시 후 다시 요시키 옆에 앉았다.

"있제."

잠긴 목소리로 요시키에게 말했다.

"내는, 대체품은 안 될지 몰라도 닌 반드시 지켜줄 끼고."

고개를 들었다. 시냇물 쪽에서 부드럽고 시원한 바람이 불어와 요시키의 긴 앞머리를 흔들었다.

"니 부탁이라면 뭐든 들어줄 테니까……."

제5장 겨우 숨이 트였다

1

 왜 하필이면 조리 실습의 메뉴가 닭튀김일까.

 스테인리스 볼 안에서 닭고기와 조미료를 섞으며, 요시키는 오늘만 몇 번째인지 모를 한숨을 참았다.

 비닐장갑을 끼고 있어도 익숙한 감촉이 손바닥에서 꿈틀거렸다.

 "요시키, 빨리 해라."

 같은 조인 유우키가 재촉해서, 요시키는 체념하고 볼의 밑바닥까지 손을 넣었다. 으아, 생각할수록 히카루의 속과 느낌이 똑같았다.

 양념에 재운 닭고기— 너무나도 정확하게 비유한 자신을 칭찬해 주고 싶을 정도였다.

 목덜미에 소름이 돋는 느낌을 견디며, 유우키와 함께 같은 조가 된 마키를 보았다.

 채썰기로 썰어야 하는 양배추를 상당히 두툼하게 썰면서 「얏호~ 닭튀김 최고다!」라고 하는 마키가 부러웠다. 고작 닭튀김에 「얏호~」라고 말할 수 있는 이 녀석이 진심으로 부러웠다.

 창피하지도 않은지 초등학교 가정 수업 때 만든 드래곤 무늬 앞치마를 두른 것도…… 아니, 이건 딱히 부럽지 않다.

"제대로 돕지도 않다가 겨우 돕나 했더니 양배추는 채썰기가 아니고. 이게 뭐야."

엄지만 한 두께로 채썰기(?)된 양배추를 유우키가 못마땅한 얼굴로 집어 들었다.

"시끄럽다. 니가 울 엄마가!"

마키가 그렇게 응전한지라, 역시나 말싸움이 시작됐다.

밑간한 닭고기가 담긴 볼을 유우키 쪽으로 슬쩍 밀어 두고서, 요시키는 조용히 손을 씻었다. 장갑을 꼈지만 씻지 않을 수 없었다.

"삼각두건."

머리에 쓴 두건을 누가 뒤에서 쭉 잡아당겼다. 삼각두건의 끝이 천장을 향해 선 채 팔랑팔랑 흔들렸다.

"귀신이 쓴 두건처럼 됐다."

히죽 웃은 히카루의 앞치마도, 조금 디자인이 다르지만, 마키처럼 드래곤 무늬였다. 어째서 이 녀석들은 고등학생이 되어서도 드래곤 앞치마를 태연하게 입을 수 있는 걸까.

"아까 닭고기 왜 그렇게 진지하게 봤는데?"

히카루가 닭고기가 든 볼을 가리켰다.

뭐야, 보고 있었냐. 그냥 둘러대면 될 텐데「뭔가 좀……」하고 어물거리고 말았다.

"뭔가 좀?"

"감촉이 있제…… 비슷하드라. 저번에 그…….."

니 속과.

그렇게 말하려다 만 요시키를 히카루가 빤히 보고 있었다. 앞치마의 드래곤까지 나란히 요시키를 보고 있었다.

"니…… 그런 생각 하고 있었나? 혼자서, 닭고기 보며, 입 꾹 다물고."

말하면서 풉 웃는 히카루를 곧장 노려보았다. 할 수 있는 게 노려보는 것뿐이었다.

"그 반응은 뭔데. 딱히 상관없다 아이가."

"딱히 상관없지만."

그래도 히카루는 계속 어깨를 부들거렸다. 그러다 겨우 웃음을 그치나 싶더니 묘하게 잔잔한 미소를 짓고서 요시키의 얼굴을 들여다보았다.

"한 번 더 만져 볼래?"

유우키가 닭고기를 튀기기 시작한 모양이었다. 히카루의 조도 그런 것 같았다. 여기저기서 지글지글, 타닥타닥, 기름 튀는 소리가 났다.

놀리는 것처럼 들리기도 했고, 뭔가 경고하는 것처럼 들리기도 했다.

"싫다. 무섭고……. 그 감각, 어색하드라."

"근데 있제, 숲길 때도 그랬는데, 닌 내 같은 녀석의 간섭에 내성이 너무 없다. 보고 있으면 조마조마하다 아이가. 오히려 만져서 익숙해지는 기 좋을걸."

안 글나? 하고 말하며 이쪽을 살피는 히카루를 보니, 전부 핑계고 본심은 따로 있는 듯하면서도, 아닌 듯. 그런 불길한 예감이 들었다.

대답을 망설이고 있자, 가스레인지 앞에 선 유우키가「요시키, 접시 꺼내 줘」라며 식기 선반을 가리켰다.

"마키가 전혀 도움이 안 돼서."

마키 쪽을 힐끔 보니, 히카루와 같은 조인 남학생에게「내 앞치마 완전 멋있지 않나?」라며 자랑하고 있었다.

"알았다. 그럴게."

유우키를 보며 말하면 될 것을, 어째선지 히카루한테 말해 버렸다.

"좋아. 그럼 수업 끝나고."

히카루는 기뻐하며 자신의 조로 돌아갔다.

요시키의 조가 만든 닭튀김은 유우키 덕분에 맛있게 튀겨졌지만, 히카루의 조가 만든 닭튀김은 새까맣게 타서 먹을 게 못 되었다.

암흑물질이라는 둥, 트럭 뒤쪽 같은 맛이 난다는 둥, 잔뜩 혹평을 들은 것 같았지만, 그건 그것대로 히카루는 즐거워했다.

학생 수가 계속 줄어들고 있는 키보우가야마 고등학교에는 빈 교실이 많았다. 예전에는 이곳도 수업에 쓰였음을 알 수 있을 만큼 그 흔적이 남아 있었다.

건물의 가장 끄트머리, 출입 금지 종이는 붙어 있지만 잠겨 있지는 않은 교실에서, 언젠가처럼 히카루는 와이셔츠 단추를 두 개 풀었다.

햇볕에 탄 피부 위에, 목에서부터 가슴까지 가느다란 틈이 생겼다.

"아~ 진짜."

요시키가 손을 내밀었다가 거두기를 두 번 반복하자, 히카루가 감질난다는 것처럼 어깨를 으쓱였다.

"얼른 해라. 동아리 시작하겠다."

별로 진지하게 연습하지도 않으면서— 그렇게 비아냥거리지는 못했다.

"마음의 준비가, 필요하다고."

한 번 심호흡하고, 그래도 부족해서 한 번 더 숨을 들이마셨다.

숨을 멈추고, 히카루의 틈에 오른손을 넣었다.

혀가 손끝을 핥는 듯한 감촉도, 서늘하게 차갑고 축축한 감각도, 이전과 똑같았다.

은근하게 피부를 조이는 압박감에, 조리 실습 시간에 잔뜩 만졌던 닭고기가 떠올라서 목 안쪽에 힘이 들어갔다. 토할 것 같았다.

하지만 처음 만졌을 때처럼 그런 느낌이 오래가지는 않았다.

"……저번보다는 괜찮네."

"하하, 슬슬 익숙해진 거 아이가?"

익숙해졌다고? 이런 행위에? 저번에 쿠레바야시가 말했던 「섞인다」라는 말이 뇌리를 스쳤다.

그 순간, 손끝으로 뭔가가 스르르 들어오는 느낌이 들었다.

검지에서 손등, 손목, 팔뚝으로, 요시키가 아닌 것이 요시키의 안쪽을 기어 올라왔다.

비명을 지르는 요시키를 히카루가 빤히 보고 있었다. 몹시 흥분한 눈으로, 광대뼈 부근을 발갛게 물들이고서, 처음 가진 장난감으로 노는 듯한 호전적인 얼굴을 하고 있었다.

"니, 내 쪽으로······."

오른팔을 뽑으려고 했지만, 히카루 안에서 뭔가가 세게 붙잡았다.

히카루는 표정을 바꾸지 않고 수긍했다. 아주 짧게 「응」 하고, 고개를 끄덕이는 것에 맞춰 요시키의 목덜미 부근에서 뭔가가 뜨겁게 터졌다.

닭튀김을 넣은 기름처럼.

그때와 똑같았다. 요시키가 쿠레바야시와 만난 것을 히카루가 지적했을 때. 그때 요시키를 덮쳤던 히카루의 내용물과 똑같았다.

요시키를 삼키려고 하는 섬뜩한 감촉.

그것이 뺨 언저리를 지나 요시키의 뇌 가장 안쪽, 누구의 간섭도 받고 싶지 않은 곳에 도달함을 알 수 있었다.

그 순간, 겨우 목소리가 나왔다.

"안 된다!"

히카루가 눈을 크게 떴고, 그 틈에 요시키는 팔을 뽑았다. 스르르 소리와 함께 요시키 안에 있던 히카루의 감촉도 사라졌다.

오른팔에는 저번에 히카루에게 세게 붙잡혔을 때 생긴 멍 자국이 아직 남아 있었다. 좀처럼 안 사라진다 싶었는데, 오히려 짙어진 것 같다는 생각조차 들었다.

"······방금 뭐 한 건데?"

어깨를 크게 들썩거리며 숨을 들이쉬고, 내쉬고, 한 번 더 들이쉬고— 히카루를 노려보았다.

히카루는 딴청을 피우며 눈을 굴렸다.

"살짝 내 쪽에서 만졌을 뿐이다……. 이거에 익숙해져야 할 거 아이가."

"그거 진심으로 하는 소리가?"

한 번 더 만져 볼래? 그렇게 말했던 히카루의 얼굴을 떠올리며 요시키는 추궁했다.

"어렴풋이 느낀 건데, 그냥 니 기분 좋아서 한 거 아이가?"

누가 속을 만지는 것이, 혹은 누군가를 체내에 넣는 것이, 이 녀석에게 쾌락과 만족감을 주는 게 아닐까. 예전부터 느꼈던 의심이 확실하게 형태를 이뤘다.

"맞제?"

아무래도 정곡을 찌른 것 같았다. 윽, 하고 목을 울린 히카루는 아무런 변명도 하지 않고 눈을 피했다. 맥이 빠질 만큼 솔직한 반응이었다.

"있제, 남이 싫어하는 건 적당히 해야 한디. 알겠나?"

"뭐, 뭔데……. 알겠다. 그래도—."

조심조심 이쪽으로 손을 내밀듯이 히카루가 덧붙였다.

"진짜로 거짓말은 안 했다. 내는 니한테 거짓말 안 한다."

야단맞은 아이처럼 어깨를 떨구니 믿을 수밖에 없었다. 애초에 히카루가 자신에게 거짓말할 수 있을 거라고 생각하지도 않았다.

왜냐하면 이 녀석은 나한테 거짓말하면 정말로 세상에서 혼자가 되니까.

"그건 믿고 있다. 일단은."

"……「일단은」이가?"

어깨를 떨구고 새끼손가락으로 뺨을 긁적이는 히카루에게서 살짝 시선을 돌리고 요시키는 고개를 끄덕였다.

살며시 오른팔을 만졌다. 히카루 안의 감촉은 이제 피부 위에 남아 있지 않았다.

하지만 피부 속, 근육도 혈관도 뼈도 아닌 더 안쪽. 〈요시키의 안〉이라고 말할 수밖에 없는 부분에 아직 히카루가 남아 있었다.

기분 나쁘다. 하지만 그게 다가 아니었다. 등골이 오싹해지는 듯한 쾌감도 확실하게 있었다. 외면하고 싶어질 만큼, 확실하게.

쿠레바야시가 말했던 〈섞인다〉라는 것이, 〈저쪽에 가까워진다〉 〈그것의 일부가 된다〉는 것이 바로 이런 걸까.

이 감각이 쌓이면 히카루와 섞여서 떨어질 수 없게 되는 걸까.

절대 안 된다. 그렇게 생각한다. 틀림없이 생각한다.

그런데 황홀해하던 히카루의 얼굴을 잊을 수 없었다. 몸속을 기어 올라오는 히카루를 느끼며 자신도 똑같은 얼굴을 하고 있지 않았을까.

그렇게 생각하고 말았다.

저쪽 세계의 존재도 끌어당기기 쉬워질지도 모른다. 쿠레바야시가 그런 충고도 했다는 것을, 요시키는 그날 밤 떠올렸다.

카오루가 집의 욕실에서 〈귀신〉을 보았다.

*

"욕실에 〈가발 요괴〉가 나온다고?!"

마키가 너무 크게 말해서, 푸드 코트에 있던 다른 손님 몇 그룹이 이쪽을 주목했다. 평일이라고는 해도 저녁인지라 쇼핑몰의 푸드 코트에는 키보우가야마 고등학교의 학생도 간간이 있었다.

요시키는 황급히 헛기침을 했다.

"그렇다니까. 욕실에 가발 요괴가 나와서 들어가기 싫다고, 어젯밤부터 동생이 난리다."

"뭔데 그게? 머리카락 빠진 거겠지."

"아이다. 양도 겁나 많아서 머리카락 빠진 건 절대 아니라더라. 게다가 엄청나게 공격적이라던데."

어젯밤, 저녁 먹은 후 제일 먼저 씻으러 들어간 카오루는 몇 분만에 비명을 지르며 욕실에서 뛰쳐나왔다.

부엌에서 설거지하던 엄마에게 달라붙어 「욕실에 귀신이! 가발 요괴다!」라며 외쳤다.

식탁 앞에 앉아 텔레비전을 보던 요시키가 「뭐?」라고 어이없어 했지만, 카오루는 「거짓말 아이다!」라며 요시키를 노려보았다.

머리를 감는데 발에 머리카락이 감겨 있었다.

우리 집은 다들 머리가 짧은데, 긴 머리카락이었다.

똑, 물소리가 들려서 보니, 욕조 덮개 틈으로 대량의 머리카락이 삐져나와 있었다. 틀림없이 사람 한 명분의 머리카락은 되었다— 카오루는 그렇게 말했다.

손을 뻗자 욕조 속으로 쏙 사라졌다. 욕실을 뛰쳐나와 물기도 닦지 않고서 옷을 입고 탈의실을 나가려고 했더니 뒤에서 쿵 소리가 났다.

돌아보니 욕실의 유리문에 머리카락 뭉치가 붙어 있었다.

"거짓말~!"

자세히 얘기해도 마키는 웃을 뿐이었다. 그럴 만도 했다. 요시키도 말하면서 솔직히「가발 요괴라니 그게 뭔데」라고 생각했다.

푸드 코트에 오기 전에 들렀던 게임 센터에서 마키에게 부탁받아 크레인 게임으로 인형을 뽑아 줬었다. 그 인형이「발모제 공장에서의 가혹한 노동으로 머리카락이 자랐다」라는 설정의 개인지 고양이인지 모를 캐릭터였던지라 무심코 이야기하고 말았다.

"또 귀신이가~."

인형을 뽑아 준 은혜도 잊고서, 마키는 주스를 들고 한바탕 웃었다. 저번에는 하굣길에 지나는 숲길이 무서우니 같이 가 달라고 했었으면서.

"최근 야구부 선배도 뭔가 봤다 카던데. 요즘 이런 일이 늘은 거 같지 않나?"

마키와는 달리 **히카루**는 줄곧 조용했다. 주스잔에 꽂힌 빨대를 내려다본 채「흐응~」하는 소리를 냈을 뿐이다.

게임 센터에서는 인형을 받고 기뻐하는 마키를 보고서 여자한테 줄 거냐며 놀렸었는데(그리고 그건 아무래도 진짜인 것 같았다).

"요시키는 아직 그거 못 봤제?"

겨우 입을 여는가 싶더니, 그답지 않게 생각에 잠긴 얼굴로 그렇게 물었다.

"응...... 아무것도 못 봤다."

카오루가 욕실에서 나온 후, 요시키는 간단히 샤워만 했다. 욕조 안, 바가지 바닥, 욕실 의자 아래까지 온 욕실을 꼼꼼히 확인했으나 아무것도 없었다. 그 후 목욕한 부모님에게도 결국 아무 일도 없었다.

"그럼 오늘 바로 느그 집 욕실 보러 갈란다."

히카루가 주스를 쭉 들이키더니 바로 자리에서 일어났다. 마키는 인형을 한 손에 들고서「뭐~? 벌써 가는 기가?」라고 말했지만, 빈 컵을 쓰레기통에 버리는 히카루를 요시키도 따라갔다.

"보리차 마실래?"

현관문을 열자마자 덥다며 이마를 닦는 히카루의 얼굴을 살피듯이 요시키는 물었다.

"아니. 먼저 욕실부터!"

히카루는 딱 잘라 말하고서 운동화를 벗었다.

평소보다 성급한 행동이라는 생각이 들었다. 카오루가 말한 〈가발 요괴〉라는 녀석은 아무래도 웃어넘길 수 없는 수준의 〈진짜〉인 듯했다.

쿠레바야시가 말했던, 이쪽 세상의 존재가 아닌 그것이다.

"······왜 우리 집에 귀신이 나오는 건데? 애초에 그건 대체 뭐고?"

"뭐라고 하지. 〈오염〉······ 〈부정함〉 같은? 인간이 사는 곳에는 반드시 쌓인다. 보통은 그렇게 나타나지 않지만."

"왜 그런 게 우리 집에······."

집에는 아무도 없었다. 부모님은 두 분 다 일하러 가셨고, 카오루도 오늘은 엄마가 일하는 미용실에 같이 갔다.

학교에 안 가게 된 뒤로 가끔 이렇게 엄마를 따라가는데, 아마 오늘은 집에 있기 무서워서 그랬을 것이다.

아무도 없는 집은 조용했다. 그래서 히카루가 「그거는 말이제」라고 중얼거리는 게 이상하게 집 안에 울렸다.

"요시키가 저쪽 녀석들한테 매력적이라서 그렇다. 착하다 아이가."

"잘 모르겠다. 하나도 안 착한데."

히카루와 너무 섞이면 저쪽 세계의 존재도 끌어당기기 쉬워진다. 히카루한테는 그게 착한 걸까.

탈의실에는 은은한 석양빛이 들어오고 있었다. 하얗게 보이는 유리문 앞에서 히카루는 턱에 손을 올리고 한동안 불투명 유리 너머를 응시했다. 귀를 기울이고 있는 것처럼 보이기도 했다.

"······아무것도 없나?"

"아니, 있다."

즉답해서, 저도 모르게 한 발짝 물러나고 말았다.

"하, 진짜…… 내한테 다가오는 건 좋다. 근데 왜 요시키까지……."

"뭐, 뭐 할 낀데?"

"또 으깨서 넣을 끼다."

대수롭지 않다는 듯 말하고 히카루는 욕실 문을 열었다. 매일 쓰는 욕실이 그곳에 있었다.

"개안은 기가?"

"개안타, 개안타. 니는 내가 지켜줄 끼다."

히카루는 픽 웃고서 문을 닫았다.

기다리고 기다려도 욕실은 조용했다. 히카루가 움직이는 기척조차 없었다. 몇 번 불러 보려고 했지만, 너무 조용해서 그것조차 주저되었다.

얼마나 지났을까. 탈의실에 들어오는 석양빛이 주황색으로 물들기 시작했을 즈음, 욕실에서 쿵 소리가 났다.

고개를 드니 뭔가를 후려친 것 같은 일그러진 소리와 물소리가 났다.

뭔가가…… 누군가가 물에 빠지는 무거운 소리가.

"히카루! 무슨 일인데?!"

대답은 없었다. 문으로 손을 뻗었다가, 한 번 뒤로 물렸다가, 눈 딱 감고 열어젖혔다.

요시키는 곧바로 후회했다. 욕실의 공기는 고여 있었고, 숨 막히게 시큼한 냄새가 났다.

"……야!"

히카루는 욕조 안에 있었다. 어젯밤 엄마가 마개를 뽑아서 비워 뒀을 터인 욕조에 물이 가득 차 있었고, 히카루는 머리까지 물에 잠겨 있었다.

직접 기어 올라온 히카루의 손이 욕조 가장자리를 잡았다.

"뭐 하는 건데……!"

히카루를 끌어 올리려고 물에 손을 넣었더니, 가느다란 무언가가 대량으로 팔에 휘감겼다.

머리카락이었다.

무수한 긴 머리카락이 요시키의 팔을 기어 올라왔다.

히카루의 속을 만졌을 때가 떠올랐다. 그때와 똑같은 느낌이었다. 인간이 아닌 무언가가 요시키 안에 들어왔다.

히카루를 부를 새도 없이 요시키는 물속에 끌려 들어갔다. 머리카락이 요시키의 다리를, 허리를, 몸통을, 목을 붙들었고, 눈앞에 무수한 거품이 올라왔다.

탁한 거품 하나하나에, 아까 푸드 코트에서 있었던 일, 어제 있었던 일, 지난주 있었던 일, 지난달 있었던 일, 히카루가 없어졌을 때, 히카루, 히카루, 히카루가 담겼다가 사라졌다.

정신 차리고 보니 요시키는 논밭 한가운데에 있었다.

쿠비타치의 경치는 아니었다. 돌을 층층이 쌓아 만든 논이 아니라, 끝없이 평평한 곳에 기분 나쁠 정도로 네모난 논이 늘어서 있었다.

요시키는 자로 선을 그어 만든 듯한 논두렁길에 우두커니 서 있었다.

"……욕실……."

고개를 드니 하늘이 있어야 할 곳은 새하얬다. 인공적인 하얀색이었다. 생기가 없고 플라스틱 냄새라도 날 것 같은, 기분 나쁜 하얀색.

"아아……."

꿈이가, 이거.

중얼거리려고 했을 때, 얼굴에 그림자가 드리웠다.

태양 따위 없는데도 그림자가 졌다.

요시키의 옆에는, 마치 오랜 친구 같은 모습으로, 뇌가 있었다. 민달팽이 같은 거대한 몸을 꿈틀거리고, 머리를 앞뒤로 끈적끈적 움직이며, 요시키를 내려다보고 있었다.

눈 같은 건 없는데도, 분명히 내려다보고 있었다.

"무, 받아 가래이."

이웃집 아저씨의 목소리였다.

"저 집 아들내미는 굼뜨다 아이가."

뒤에서 목소리가 들려서 돌아보니, 똑같이 생긴 뇌가 있었다. 그 목소리는 이따금 슈퍼 노조미의 계산대에서 마주치는 니시다야 아주머니였다.

어느새 무수한 거대 뇌가 요시키를 에워싸고 있었다. 열을 지닌 축축한 무언가가 요시키의 뺨을 쓸었다.

"머리 좋제? 대학은 어쩔 낀데?"

"마! 앞머리 안 자를 끼가?"

"애가 인사도 제대로 못 해 가꼬."

"또 츠지나카 부부 있제, 싸웠다 카더라. 진짜 그 집 아들이 불쌍타."

어느 목소리든, 어느 말이든, 전부 아는 목소리고 아는 말이었다. 이 숨 막히는 마을에서 요시키가 지금까지 실컷 들었던 것이었다. 슬금슬금, 슬금슬금. 거구를 질질 끌며 요시키에게 다가왔다.

느그 아부지는 글러 먹었다.

다들 걱정하고 있다 아이가.

동생은 미인이네. 우리 집 장남은 어떻노?

아줌마한테 뭐든 말하래이.

개안타, 개안타. 가꼬 가라.

무서운 여자데이. 도시 여자는 참말로 도도하구먼.

마이 컸네. 니 키 몇이고?

우리 아들은 집안일을 훨씬 잘 도와줬데이.

괜찮은 여자는 없나?

느그 엄마를 위해서도 얼른 결혼해라.

동아리 활동은 제대로 하고 있나?

앞머리, 내가 잘라 주까?

느그 아부지 똑 닮았네. 해마다 닮아 간데이.

애가 맨날 우울한 표정이고.

―귀를 막았더니 관자놀이 부근이 찌르듯이 아팠다.

뇌가 코앞에서 「한밤중에 불 켜 놓고 머 하는데?」라고 물었다. 축축한 주름 하나하나에서 뜨뜻미지근한 온기가 올라와 메스껍게 요시키의 코를 스쳤다.

숨을, 쉴 수가 없었다.

"어차피 도시로 가서 임업도 안 이어받을 거잖아. 마을에 남을 애미애비 생각도 안 하고."

포개지는 뇌에 깔릴 뻔했을 때, 멀리서 누군가가 이름을 불렀다.

히카루의 목소리였다.

겨우 숨이 트였다. 고개를 드니 히카루가 있었다.

그건 분명히 히카루였다.

새까만 책가방을 멘 초등학생 히카루는 작은 박스를 품에 안고서 요시키를 노려보고 있었다.

"도망치지 마라, 이 바보야."

박스 안에는 새끼 까마귀가 있었다. 이미 숨져 있었다.

"이 녀석은……."

이름은 분명, 까돌이였다. 이름을 지은 건 히카루였다. 초등학생 때, 둘이서 같이 돌봤었다.

히카루의 할아버지가 표고버섯을 키우는 재배장 옆에서, 부모 없이 혼자 있는 것을 같이 발견했으니까.

하지만 성체가 되지 못하고 죽었다.

"까돌이가 죽은 거, 요시키 탓이다."

"……아이다."

"맞다! 오늘 먹이 담당 요시키였다이가!"

그래. 확실히 그랬다. 그때도 히카루는 요시키를 타박했다.

나는, 뭐라고 대답했더라.

"생물이니까…… 이런 건 어쩔 수 없는 일이다."

"뭐? 어쩔 수 없기는! 변명하지 마라!"

그랬다. 히카루는 납득하지 않았다. 히카루는 그런 아이였다.

아는데도, 눈앞에 있는 건 초등학생 히카루인데, 미간이 욱신거렸다. 계속, 계속, 끈질기게 통증이 일었다.

"히카루 니도 저번에 먹이 주는 거 잊어버렸다 아이가."

"하지만 오늘 당번은 니였다."

욱신, 욱신. 계속해서 아픔을 주는 것은 대체 누구인가.

"먹이 주는 걸 잊어버린 건 내 잘못 맞다. 하지만 한 번뿐이다."

"그사이에 죽었다."

그래. 확실히 그랬다.

"니는 두 번이나 잊어버렸고 그때마다 내가 줬거든."

눈을 살짝 크게 뜬 히카루가 말을 잇지 못했다. 하지만 금세 맞받아쳤다. 어린아이답게 난폭하게, 무구하게 분노를 발산했다.

"슬슬 인정하라고, 이 바보야!"

네 탓이다. 네 탓이다. 네 잘못이다.

까돌이가 죽었다는 슬픔도, 돌이킬 수 없다는 노여움도, 감당할 수 없기에 누군가에게 발산할 수밖에 없다.

고등학생 히카루보다 훨씬 아이 같은 눈이 그렇게 한탄하고 있었다.

알고 있는데.

"뭐? 절대로 싫거든."

알고 있는데, 어째선지 요시키의 감정까지 어려졌다. 끓는점도, 부조리함을 허용할 수 있는 한계도, 무서우리만큼 낮아져 목 안쪽에서 날뛰었다.

"내 탓이 아이다……!"

"뭐? 재수 없어."

"재수 없는 건 니다. 애초에 내가 까돌이를 훨씬 더 많이 돌봤거든? 왜 내만 그런 말을 들어야 되는데?"

"그럼 와 죽었는데? 얼마 전까지 팔팔했는데."

"모른다! 히카루 니도 이상한 거 먹였다이가. 그래서 죽은 거 아이가?"

애초에 까돌이는 부모와 떨어진 시점에 오래 살 수 없었다. 분명 그랬다. 이제는 분명히 아는데, 멈출 수 없었다.

"니는 맨날 패기가 없어 가지고!"

히카루의 가느다란 팔이 멱살을 잡자, 요시키의 머리에 피가 올랐다.

히카루의 부드러운 머리카락을 쥔 자신의 팔도 가늘었다. 히카루와 똑같은 검은색 책가방이 등에서 덜렁거리고, 홧김에 그에게 달려들었다.

첨벙, 귀 안쪽에서 거품이 터지는 소리가 났다.

2

"얼마 전에 4반의 타케시타가 내를 불러내는 거 아이겠나."

유우키는 「어? 진짜가?」라며 의심스럽다는 듯 눈을 가늘게 떴다.

"진짜다. 농담 아이고 진짜로."

편의점에서 나오자마자 바로 물방울이 맺히기 시작한 탄산음료의 페트병을 꽉 움켜쥐며, 아사코는 크게 고개를 끄덕였다.

"타케시타…… 그 엄청 인기 많은……."

"맞다! 「어? 뭔데, 뭔데?!」 하게 되잖아."

"설마……."

설마설마하긴 했다. 타케시타에게 가던 자신의 발걸음은 틀림없이 들떠 있었다.

"가 봤더니, 남자애들이 다 보는데 팔씨름하자 안 카나. 저번에 영화에서 본 지하 격투기가 생각나드라."

대충 예상했었는지 유우키는 「역시나」라는 얼굴로 깔깔 웃었다.

"아주 박살을 내 버릿다. 이렇게 된 이상 팔씨름왕으로 이름을 날려야겠다."

"전설이 되면 좋겠네~."

"싫다~."

그렇게 함께 웃다가, 나비매듭이 조금씩 풀리듯 자연스럽게「그럼 이제 집에 가야겠다」라며 서로 손을 흔들었다.

유우키와 함께 집에 가는 날이면 헤어질 때는 항상 이랬다.

"그래, 내일 보자~."

건널목의 경보음이 울려서, 아사코는 살랑살랑 흔들던 손을 멈췄다.

유우키의 집은 키보우가야마정의 시가지에 있어서 학교와도 비교적 가까웠다. 편의점 앞을 지나 건널목을 건너 조금 걸어가면 그녀의 집이었다.

아사코도 몇 번 건넌 적 있는 건널목에 차단기가 내려왔다.

빨간 램프가 점멸했다.

평소와 다름없을 터인 경보음에서 오늘은 월등히 안 좋은 느낌이 들었다. 누군가가 귓가에 습한 숨을 부는 것 같은 기분 나쁜 감각이었다.

"오늘은 저 건널목 안 건너는 게 좋을 것 같다."

발을 멈춘 유우키가「또?」라며 아사코를 돌아보았다. 새하얀 여름용 세일러복이 석양을 받아 어깨 부근이 연한 금빛을 띠고 있었다.

"뭐, 아사코의 감은 잘 맞으니깐. 알았다."

아사코의 조언을 전혀 의심하지 않고, 유우키는「그럼, 간다」라며 다시 손을 흔들더니 건널목 앞 교차로를 꺾었다.

아사코는 유우키의 모습이 안 보이게 됐음을 확인하고 나서 귀에 이어폰을 꽂았다. 스마트폰을 조작하여 음악을 틀었다. 평소보다 볼륨을 조금 키워서.

경보음은 아직도 들렸다. 뎅뎅뎅 하는 날카로운 소리가 점차「올 거야—」라는 목소리로 들리기 시작했다.

올 거야— 올 거야— 올 거야—.

무엇이 온다는 건지, 어째서 아사코에게 말하는 건지 알 수 없었다.

곧 전철이 통과하고 차단막이 올라갈 거다. 하지만 건너면 어떻게 될지 생각하고 싶지도 않았다.

얼마 전에 마키의 부탁으로 다 같이 아시도리로 가는 숲길을 걸었던 게 생각났다.

그곳에도 뭔가 있었다. 들렸다. 심지어 그 소리는 아사코뿐만 아니라 유우키에게도, 히카루에게도, 요시키에게도 들렸다.

히카루는 그것을 공포탄 소리라고 했지만, 그럴 리가 없다.

그날은 우연히 괜찮았다. 하지만 만약 운이 안 좋았다면 자신들은 어떻게 됐을지.

오늘 히카루와 요시키와 마키는 셋이서 쇼핑몰의 게임 센터에 간다며 사이좋게 교실을 나갔다.

설마…… 아무 일도 없다면 좋겠는데. 기묘하리만큼 불길한 예감만 들었다.

편의점의 주차장 앞에서 한 여성과 스쳐 지나가서, 아사코는 퍼뜩 놀라 발을 멈췄다.「댄스부 이노치」라고 프린트된 티셔츠를 입고 머리를 대충 하나로 묶은 평범한 체격의 사람이었다.

굳이 편의점 주차장에 차를 세운 그녀는 건널목으로 성큼성큼 걸어갔다.

안 돼요. 그쪽으로 가면 안 돼요. —말을 걸까 말까 망설이는 사이에 여성은 건널목 앞에 섰다. 직후, 전철이 통과하며 차단막이 싱겁게 올라갔다.

경보음이 멈추고, 목소리도, 안 좋은 느낌도, 전부 사라졌다. 황급히 이어폰을 뺐다.

"어라……?"

중얼거린 순간, 여성이 이쪽을 돌아보았다. 아사코는 빠른 걸음으로 그 자리를 벗어났다.

아무 일도 없어서 다행이라는 안도와, 전혀 다른 꺼림칙함이 섞여서, 자연스럽게 그러고 말았다.

아무리 귀를 기울여도 「올 거야—」라는 목소리는 이제 들리지 않았다.

3

"—요시키!"

눈앞에서 히카루가 외쳤다.

출렁, 출렁. 욕조 안에서 물이 흔들리고 히카루의— **히카루의** 앞머리에서 물방울이 떨어졌다. 푹 젖은 교복이 살에 붙어 있었고, 석양을 반사하여 금색으로 빛났다.

입속에 미지근한 쇠 맛이 퍼져서, 히카루의 팔을 물었다는 걸 깨달았다.

"어라······?"

쉰 목소리가 나왔다. 히카루의 팔에는 뚜렷하게 요시키의 잇자국이 남아 있있다. 언젠가 봤던 히카루의 내용물이 거기서 꾸물꾸물 튀어나와 있었다.

"내가, 무슨 짓을—."

꺼림칙한 색을 지닌 히카루의 내용물은 잇자국 속으로 스르르 사라졌다. 검붉은 상처 자국만 히카루의 팔에 남았다.

"다행이다······."

히카루가 크게 한숨을 쉬고서 요시키의 어깨를 안았다. 그 시선이 요시키의 뒤쪽을 힐끗 보았기에 허둥지둥 돌아보았다.

아무것도 없었다. 욕실 천장이 있을 뿐이었다.

"히카루, 니 피 난다······."

"미안."

히카루는 어깨를 크게 들썩이고 고개를 숙였다. 잇자국에서 난 피가 물방울과 함께 팔을 타고 흘러내렸다.

그의 왼쪽 뺨에 난 할퀸 상처도 내가 만든 걸까.

"내가 방심해서, 요시키 안에 들어가 방패로 삼았다."

쫓아냈으니까 이제 괜찮다.

—그렇게 말하며 요시키의 어깨를 툭 두드리고, 히카루는 욕조에서 나갔다.

"미안."

내민 손을 잡고, 출렁거리는 물에서 벗어났다. 미간이 또 욱신거렸다.

"사과할 거 없다. 그래도 내가 말했다이가. 닌 그런 것들의 간섭에 약하다고. 애초에 내가 한 번 놓친 게 잘못이지."

멋쩍은 듯 젖은 머리를 쓸어 올리는 히카루를 힐끗 봤다가 자신의 손을 보았다.

히카루를 물에 가라앉히던 손의 감각이 확실하게 남아 있었다.

나는 언젠가 또 이 녀석을 죽이려 드는 게 아닐까?

그런 생각을 했더니 표정이 굳었다.

히카루는 개처럼 머리를 탈탈 털더니 익숙한 모습으로 탈의실 선반에서 수건을 꺼냈다.

마당의 빨랫줄에 요시키의 티셔츠와 반바지가 널려 있었기에 그걸로 갈아입고 대신 두 사람의 교복을 널었다.

"니가 돌아와서 진짜 다행이다."

거실 툇마루에 앉은 히카루가 빨랫줄에 널린 교복을 멍하니 바라보며 그런 말을 했다. 구급상자를 뒤져서 히카루의 뺨에 반창고를, 팔에 거즈를 붙여 줬다.

바깥은 이제 어두웠고 바람도 시원했다. 해가 저물기 시작하니 순식간이었다. 수풀 너머에서 벌레 소리가 들렸다.

"지켜주겠다고 하자마자 이 꼴이라 눈물 날 것 같다."

히카루의 팔에 붙인 거즈가 살짝 빨갛게 물들었다. 일그러진 타

원형…… 요시키가 낸 잇자국대로.

"니는, 왜 그렇게까지……."

"내도 모르겠다. 순간적으로 움직이게 된다."

히카루와 시선이 얽혔다. 아주 감질나고 기분 나쁜 느낌이 들었다. 그건 히카루도 마찬가지였던 모양이다. 「하아~」하며 뒤통수를 벅벅 긁더니 「기분 전환하자!」라며 천장을 보았다.

"개구리라도 잡으러 갈래?"

논 쪽에서 확실히 개구리 소리가 들려왔다.

"촌놈 같아서 싫다."

"요시키는 시골 참 싫어하제. 내는 시골 좋다. 도시에 없는 것도 이것저것 있다이가?"

"나쁘지만은 않다는 건 안다. 그냥 내가 있을 곳이 아니라고 생각할 뿐이지."

그리고 히카루는—.

"그리고 니는 뭐든 즐겁다이가?"

히카루는 대답하는 대신 브이 자를 만들고 씩 웃었다.

마당에 차가 들어오는 소리가 나더니 현관문이 벌컥 열렸다. 엄마와 카오루가 돌아왔다. 어쩌다 교복이 쫄딱 젖었는지 변명을 생각하다가 문득 서늘한 상상이 가슴을 찔렀다.

그 괴물이 카오루나 엄마를 공격했다면…….

"너희들, 개울에서 놀고 오기라도 한 거야?"

슈퍼 노조미의 비닐봉지를 식탁에 내려놓은 엄마가 어이없다는 얼굴로 마당의 빨랫줄을 보았다. 뒤늦게 들어온 카오루도 엄마와 똑같은 얼굴을 했다.

"아, 히카루. 저녁 먹고 갈래~?"

엄마의 말에 히카루가 「먹을래요!」라며 벌떡 일어났다.

"카오루~ 오늘 반찬 뭐고~?"

이 집 자식처럼 엄마와 카오루와 이야기하는 히카루의 옆모습을, 요시키는 한동안 바라보고 있었다.

시선을 눈치챈 히카루가 이쪽을 보았다.

"요시키~ 오늘 햄버그스테이크란다."

이히히 하는 소리가 들릴 듯한 얼굴로 웃으며 손짓했다.

"좋네."

그렇게 말하고 요시키는 천천히 일어났다. 뒤에서 여름밤다운 선선한 바람이 불어왔다.

에필로그

"쿠비타치는 음침해서 싫은데 말이죠."

카 오디오에서 나오는 조금 오래된 J-POP의 멜로디에 싫듯 타나카는 투덜거렸다. 마구 탈색하여 부스스한 금발이 에어컨 바람에 흔들렸다. 부스스한지라 바람이 잘 통해서 시원했다.

니사산으로 가는 길은 포장은 되어 있지만, 평소에 사람이 안 다녀서 초목이 길까지 튀어나와 있었다. 예전에는 수은이 채취되었다고 들었지만, 지반이 약하고 짐승이 나온다는 이유로 출입 금지 지역이 된 지금은 접근하는 사람이 거의 없었다.

아스팔트 길은 군데군데 금이 가 있어서 차가 때때로 덜컹거렸다.

조수석에 놓인 케이지에는 햄스터가 한 마리 있었다. 타나카가 선글라스 쓴 채 힐끔 모습을 확인하니, 도쿄에서 출발했을 때와 전혀 다름없는 모습으로 코를 실룩거리고 있었다.

자갈길에 들어가기 직전에 차가 크게 덜컹거리면서 햄스터와 함께 타나카의 몸도 크게 튀었다. 백미러로 후방을 확인하니 길에 큰 균열이 생겨 솟아올라 있었다.

"괜찮아요?"

햄스터에게 물었지만 대답은 없었다.

가뜩이나 사람이 적은 산속 마을의 더 안쪽. 인기척이 전혀 없는 곳에 타나카는 차를 세웠다. 햄스터 케이지를 들고, 덤불을 헤치며 길 없는 길을 나아갔다.

산 곳곳에서 찌르르찌르르 매미가 울었다.

찌르르찌르르찌르르찌르르, 찌르르찌르르찌르르찌르르.

쉴 새 없이 계속 울며, 여름의 끝을 향해 하염없이 살아간다.

이거 계속 듣고 있으면 미칠 것 같은데. 혀를 차고 싶은 것을 참고서, 타나카는 덤불길 너머 「이곳은 사유지입니다. 출입 금지」라는 팻말이 달린 밧줄을 지나갔다.

걸어가며 햄스터 케이지를 얼굴 높이로 들었다.

"……쥐는, 얌전해."

난리를 피우기는커녕 태평하게 해바라기씨를 먹고 있었다.

"정말 괜찮은 거 맞죠?"

슬쩍 웃으며 물어도 그저 볼주머니를 부풀릴 뿐이었다.

그렇게 태평하던 햄스터가 갑자기 「찍」 하며 운 것은, 길 없는 길을 한참 걸었을 때였다.

주위의 조릿대풀을 좌우로 헤치자 진흙 묻은 슬링백 하나가 「마침내 찾아 주셨군요」라는 듯 떨어져 있었다.

신중하게 슬링백을 주워서 안을 확인했다.

아아, 과연, 그렇게 된 건가요.

모기가 오른손을 물었다는 걸 깨닫고 빨갛게 올라온 손등을 벅벅 긁으며, 타나카는 왔던 길을 되돌아갔다.

이제부터 일어날 일이 얼마나 성가실지, 타케다의 집으로 차를 몰면서 생각해 봤다.

핸들을 쥔 손에 이상하게 힘이 들어갔다. 긴장해서는 아니었다. 이건 흥분— 아니, 고양감이었다.

성가신 일이긴 하다. 하지만 어쩌면 이 앞에 자신이 추구한 것이, 오랜 목적의 열쇠가 있을지도 모른다.

어떻게 고무되지 않겠는가.

찌르르찌르르 매미가 시끄러운 시골길을 빠져나가자, 의뢰인인 미카사는 타케다와 함께 집 앞에서 타나카를 기다리고 있었다.

둘 다 우스우리만큼 심각한 표정을 짓고 있었다.

"변함없이 후줄근해선."

나직이 중얼거린 미카사는 햇빛에 안경이 희게 반사되어 표정을 읽을 수 없었다.

"아, 일부러 이렇게 입은 겁니다. 그 녀석들, 지저분한 차림새로 있으면 더 잘 다가오거든요."

와하하하! 하고 웃어 봤지만, 타케다가 짜증스럽다는 듯 헛기침을 해서 바로 그만뒀다. 이 남자는 화가 나면 가뜩이나 큰 목소리가 세 배로 커지고, 무엇보다 화가 가라앉기까지 오래 걸렸다.

"쓸데없는 말은 됐고, 어서 안으로 드가자."

미카사가 타케다가의 본채를 턱짓했다.

"네. 자세히 들어 볼까요. 산에서 〈좋은 것〉도 주웠으니."

—아, 하지만 장소는 바꿔도 되겠습니까?

그렇게 덧붙이자, 타케다가 「어엉?」 하는 얼굴로 돌아보았다.

사람이 사는 곳까지 내려와도 변함없이 밖에서는 찌르르찌르르 매미 소리가 났다.

니사 신사의 경내 안쪽, 미카사가의 일실에 모인 타케다, 미카사, 마츠시마 앞에서 타나카는 대접받은 녹차에 설탕을 잔뜩 넣었다. 미카사는 타나카에게 차를 내주면서 체념한 얼굴로 각설탕이 든 단지를 가져왔다. 타케다의 집에서는 이럴 수 없었다.

하지만 굳이 회합 장소를 니사 신사로 바꾼 이유는 그게 다가 아니었다.

"와 굳이 이 더운 날 미카사네 집으로 이동한 기고?"

그렇게 묻는 타케다는 선글라스를 쓰고 봐도 알 수 있을 만큼 관자놀이에 힘줄이 불거져 있었다. 이 사람이야말로 이 더운 날 어떻게 줄곧 화낼 수 있는 걸까.

"딱히 괴롭히려고 그런 건 아니다. 이쪽이 〈안심〉돼서요."

각설탕이 잔뜩 들어간 녹차를 마시는 타나카를 마츠시마가 멍하니 보고 있었다. 자신은 커다란 소주병을 지참했으면서.

"어떻습까? 상황은."

타나카는 세 사람을 둘러보고 물었다. 잠시간의 침묵 후, 설명은 자신의 역할이라는 듯 미카사가 입을 뗐다.

"어떻고 자시고, 마츠우라 할멈이 변사체로 발견됐다. 산에 들가지도 않았는데 이상하게 죽었다."

"그 무섭게 생긴 할머니 말이죠······. 흐응~. 타케다 씨네 아버님은요? 건강하십까?"

"『다음은 자기 차례』라면서 요즘엔 방에서 안 나오신다."

비통한 얼굴로 인상을 쓰는 타케다를 보고, 참지 못하고 「아하하! 역시나!」라고 말해 버렸다.

"얌마! 사람이 죽었다 안 카나! 느그 회산지 뭔지가 개입한 닷일지도 모른다이가!"

"아무것도 모르는 대기업이 개발을 진행하는 게 더 위험했을 텐데요."

뭐랬더라. 콤팩트 시티화라고 그 회사 사람이 말했던 것 같다. 그런 게 쿠비타치에 들어왔다면 지금쯤 어떻게 됐을지 상상하고 싶지도 않았다.

"그걸 막은 제 〈회사〉에 고마워해 주셨으면 하네요."

그 〈회사〉에 타케다도 미카사도 마츠시마도 불신감을 가지고 있다는 것은 잘 알고 있었다.

이런 곳에 사는 이런 사람들은 〈외부의 존재〉를 싫어한다. 자신들이 모르는 것, 낯선 것이 불편하고 무서워서 가까워지려고 하지도 않는다.

"그 대신 제가 살짝 조사할 뿐이고 말이죠."

미카사에게 시선을 줬다. 이 니사 신사의 신관은 안경을 고쳐 쓰고서 마지못한 얼굴로 고개를 끄덕였다.

"인도우 쪽 아들내미가 행방불명됐던 건 알고 있제? 아마 그 의

식은 실패했을 끼다. 그 탓에 그것에 이변이 생긴 건지⋯⋯."

그럴 줄 알았다. 숨을 내쉬듯 웃은 타나카는 산에서 주운 슬링백을 테이블에 놓았다.

"그 산에 다녀왔는데요. 이게 떨어져 있었습니다."

진흙 묻은 슬링백에 가장 먼저 반응한 사람은 마츠시마였다.

"그건 코헤이가 쓰던 가방 아이가. 아들이 가져갔었나?"

그러고 보니 인도우 코헤이는 마츠시마의 목재소에서 일했었다. 설명할 게 줄었다며 타나카는 가방을 마츠시마에게 건넸다.

"열어 보십쇼."

마츠시마는 이쪽을 살피면서 천천히 슬링백의 지퍼를 열었다.

안에 있던 것을 조심조심 꺼내고, 직후「으헉?!」하고 외쳤다.

"이건 뭐꼬⋯⋯?"

마츠시마의 손에서 툭 떨어진 것은 손바닥만 한 검은 덩어리였다.

눅눅한 소리를 내며 테이블을 굴러간 그것을 타나카가 집어 들었다.

"검은, 돌인가?"

타나카는 몸을 앞으로 내미는 미카사에게 덩어리의 〈정면〉을 보여 줬다.

작고 둥근 구멍이 두 개, 비틀린 틈이 하나, 측면에도 도려낸 듯한 구멍이 두 개.

"이건 아마 〈사람의 머리〉였던 것임다."

곧장 세 사람이 어깨를 떨었다. 미카사도 마츠시마도 우스우리

만큼 얼굴을 굳혔고, 삐딱한 태도였던 타케다까지「이딴 게 와 들어 있노……?!」라며 살짝 뒤로 물러났다.

"글쎄요. 액을 막는 강력한 힘을 지니고 있어요. 이걸 갖고 있으면 위험한 것들은 웬만해선 다가오지 못하죠. 처음에 산의 부정함이 사라진 건 이것 때문이라고 생각했지만……."

타나카가 웃음기 어린 목소리로 설명하는데 미카사가「잠깐」하며 끼어들었다.

"……산의 부정함이, 사라졌다고?"

"네. 산 전체에 가득했던 부정함이 사라졌습니다. 지금은 평범하게 들어갈 수 있어요. 다만 이것 때문이라고 하기에는 너무 광범위해서……. 그리고 제가 미카사 씨네 신사에 결계 같은 걸 쳤었거든요. 〈안전지대〉가 있었으면 해서요. 오늘 확인했더니 그 결계가 크게 상했더라고요. 장난 아닙니다. 꽤 특수한 결계였는데."

니사 신사에 온 것에는 결계를 확인하고 싶다는 이유도 있었다. 너무 상태가 처참해서, 경내로 들어가는 토리이를 지나며 웃어 버릴 뻔했을 정도다.

"그기…… 무슨 말인데?"

타케다가 물어서 타나카는 세 사람을 둘러보았다.

니사산과 똑같은 이름을 가진 이 니사 신사의 신관, 미카사.

지주이자, 쿠비타치의 의용소방대를 아우르는 존재이기도 한 타케다.

농업, 임업, 목재업이 발달한…… 아니, 산업이 그것밖에 없는 쿠비타치에서 목재소 사장인 마츠시마.

이 쿠비타치 마을의 얼굴이라고도 할 수 있는 세 남자 앞에서 타나카는 단언했다.

"산에서 내려왔네요."

말문이 꽉 막혀 버린 일동을 보며 타나카는 바로 덧붙였다.

"아마 어딘가에 어떤 형태로 숨어 있겠죠."

"우야면 좋노?"

아직 현실감이 안 들 텐데. 뭔가 착오가 있었던 거라고 한창 자기 자신을 달래고 있을 때인데. 그래도 미카사는 타나카의 눈을 보고 물었다.

어쩌면 좋냐고 해도, 〈그것〉은 마을 사람들이 생각하는 것만큼 간단하지 않지만.

―그래도.

잔에 남은 달콤한 녹차를 들이켜자 덜 녹은 설탕이 입안에서 사각거렸다.

어중간하게 녹은 설탕이 잔의 바닥에 붙어 있었다.

머리, 팔, 몸통, 다리― 인간 같은 형태를 하고 있었다. 훗, 하고 코웃음 치고서, 타나카는 세 사람을 향해 엄지를 치켜세웠다.

"끄집어내기로 할까요."

(제1권 끝)

■ **작가 후기**

누카가 미오

처음 뵙는 분이 많을 것 같습니다. 이번에 『히카루가 죽은 여름』의 노벨라이즈를 담당한 소설가, 누카가 미오라고 합니다.
「누카가」는 의외로 발음하기 어렵지만, 우타다 히카루 씨의 우타다와 똑같습니다. 보통은 청춘 소설과 스포츠 소설을 쓸 때가 많습니다.

『히카루가 죽은 여름』을 처음 읽은 것은 2022년 7월입니다.
저는 소설가 일을 하며 때때로 대학에서 강의를 하고 있습니다. 수업의 주된 내용은 소설을 써 보고 싶어 하는 학생들을 위한 창작 워크숍입니다.
그 수업을 받던 K군이라는 학생과 추천하는 소설이나 만화, 애니 얘기를 자주 했습니다.
여름 방학을 앞둔 어느 날, K군이 아주 재미있는 만화가 있다고 했습니다.
"얼마 전에 단행본 1권이 막 나왔는데, 인터넷 연재가 시작됐을 때부터 재밌어서 계속 읽었거든요. 좋다~ 나도 이런 소설을 쓰고 싶어~ 하는 생각이 들더라고요."

K군이 그렇게 말하며 즐겁게 소개해 준 것이 『히카루가 죽은 여름』이었습니다.

"꼭 읽어 보세요. 선생님의 감상을 듣고 싶어요."

K군이 강력히 추천하여, 저는 집에 가는 길에 서점에서 『히카루가 죽은 여름』 1권을 샀습니다.

저는 그의 「재미있는 작품을 발견하는 능력」과 「상대에게 재미가 전해지도록 설명하는 능력」을 아주 높이 사고 있어서, 얼른 집에 가서 『히카루가 죽은 여름』을 읽고 싶다고 생각했던 게 기억납니다.

참고로 이 후기를 쓰면서 K군에게 「갑자기 미안한데 네 이름을 언급해도 될까? 본명은 밝히지 않을게」라고 메시지를 보냈더니 곧장 「K군이라고 해 주세요!」라고 답장이 왔기에 거리낌 없이 썼습니다.

1권을 읽은 후, 저는 한 명의 독자로서 2권 발매를 기대하고 있었습니다.

KADOKAWA의 편집자님이 노벨라이즈를 의뢰한 게 바로 그때입니다.

처음부터 직접 소설을 창작하는 것과, 다른 창작자가 만든 만화나 애니, 영화를 소설로 쓰는 것은, 완성되는 게 똑같은 소설이어도 공정이 크게 다릅니다. 신경 써야 할 것도, 조심해야 하는 것도 많아서, 스스로 작품을 쓰는 것과 비교하면 뇌를 쓰는 방식이 조금 다르다는 느낌이죠.

소설가는 아무래도 자신이 생각한 이야기를 세상에 내놓고 싶어 하는 생물인지라, 노벨라이즈 작업은 「정말로 재미있다고 여겨지는 작품」이거나 「정말로 좋아하는 창작자의 작품」만을 받으려 하고 있습니다.

오리지널 작품을 한 권 쓸 수 있는 시간을, 이 작품, 이 창작자를 위해 써도 아깝지 않다— 그런 생각이 드는 작품이기에 기분 좋게 노벨라이즈를 할 수 있다고 생각합니다.

『히카루가 죽은 여름』의 노벨라이즈 의뢰를 받고, 저는 바로 「하겠습니다. 일정은 어떻게든 조정하겠습니다」라고 대답했습니다.

한 명의 독자로서 『히카루가 죽은 여름』의 감상을 후기에 길게 적는 건 뭔가 귀찮은 팬 같아 조금 부끄러우니, 「그 정도로 재미있었다」라고 생각해 주시면 좋겠습니다.

그렇게 일정을 어떻게든 조정하여 무사히 완성한 소설판 『히카루가 죽은 여름』인데, 원작의 재현도나 소설이기에 가능한 서술 방식의 판단은 독자님들에게 맡기기로 하고, 담당 편집자님이 「노벨라이즈를 해 본 감상을 듣고 싶다」라고 하셨기에, 짧게 말씀드리고자 합니다.

개인적으로 소설이기에 느낄 수 있는 『히카루가 죽은 여름』을 쓰고 싶어서 신경을 많이 썼습니다.

그 사람이 보는 풍경과 들리는 소리, 피부로 느껴지는 온도와

감각 등, 사소한 묘사로 그 사람의 감정을 표현할 수 있는 것이 소설의 재미라고 저는 생각해서, 노벨라이즈 작업을 하면서 그 점을 철저히 신경 썼습니다.

특히 주인공인 츠지나카 요시키(소설판에서는 시인성과 판독성을 고려하여 한자로 표기했습니다)를 쓰는 시간이 대부분을 차지했기에, 집필은 거의 그와의 대화였던 것 같습니다.

그의 사소한 시선 처리, 자잘한 표정 속에 숨은 진의를 건져 올리는 작업과, 만화의 컷과 그 바깥에 펼쳐진 풍경을 그가 어떻게 보고 있을지를 생각하는 시간은 힘들었지만 무척 즐거웠습니다.

그리고 히카루의 〈내용물〉이 무슨 색인지 원작자인 모쿠모쿠렌 선생님께 여쭙자「명확한 색은 없지만, 아무튼 보기만 해도 멘탈 수치가 떨어지는 색」이라고 답변해 주셔서「아, 이건 소설가의 실력을 보여 줄 부분이다」라고 생각했던 것이 인상에 남아 있습니다.

만약 본편을 읽기 전에 이 후기를 읽으시는 분이 계시다면 꼭 히카루의 〈내용물〉에 주목해 주셨으면 합니다.

후기를 어떻게 마무리할지 고민했는데, 방금 『히카루가 죽은 여름』의 최신화가 갱신된 것 같으니 이쯤에서 끝내고자 합니다.

이번 노벨라이즈는 아직 이야기의 중반이니, 또 여러분과 뵐 수 있기를 바랍니다.

원작자 후기

누카가 선생님이 써 주신 초고를 처음 읽었을 때, 제가 그린 스토리일 텐데도 푹 빠져서 읽었습니다. 캐릭터와 세계관이 문장이 되며 한층 해상도가 올라가서, 만화로는 다 담지 못했던 간지러운 부분을 긁어 주는 기분이었습니다. 그리고 이렇게나 요시키와 히카루와 히카루의 캐릭터를 파악해 주시는 분이 이 세상에 또 있을까 싶어서 대단히 든든한 마음이 들었습니다. 누카가 선생님은 굉장해요!

저는 만화를 만들 때, 실은 문장부터 생각하는 일이 많습니다. 연출이나 정경, 심정 등 만화로는 문자가 되지 않는 부분을 문장으로 확실하게 묘사하고 나서 만화로 출력하고 있습니다. 말로 설명하면 간단한 것을 거의 말을 쓰지 않고 표현하고 싶어서, 늘 어떻게 그리면 전해질지 고민하며 그리고 있습니다. 그런데 소설판을 읽으니 평소에 제가 눈물을 머금고 잘라 냈던 부분이 묘사되어 있다고 느껴서 무척 후련했습니다. 똑같은 스토리여도 만화와 소설판으로 보이는 방식이 풍부해서 재미있습니다.

이 노벨라이즈 기획에 힘써 주신 분들과 누카가 선생님에게 감사의 마음을 담아, 정말로 고맙습니다.

모쿠모쿠렌

히카루가 죽은 여름

초판 1쇄 발행 2024년 9월 20일

지은이_ Mio Nukaga
원작_ Mokumokuren
옮긴이_ 송재희

발행인_ 최원영
본부장_ 장혜경
편집장_ 김승신
편집진행_ 권세라 · 최혁수 · 김경민 · 최정민
편집디자인_ 양우연
국제업무_ 박진해 · 조은지 · 남궁명일
관리 · 영업_ 김민원 · 조은걸

펴낸곳_ (주)디앤씨미디어
등록_ 2002년 4월 25일 제20-260호
주소_ 서울특별시 구로구 디지털로32길 30 코오롱디지털타워빌란트 1301-1308호
전화_ 02-333-2513(대표)
팩시밀리_ 02-333-2514
이메일_ lnovellove@naver.com
ㄴ노벨 공식 카페_ http://cafe.naver.com/lnovel11

HIKARU GA SHINDA NATSU Vol.1
ⓒMio Nukaga 2023 ⓒMokumokuren 2023
First published in Japan in 2023 by KADOKAWA CORPORATION, Tokyo.
Korean translation rights arranged with KADOKAWA CORPORATION, Tokyo.

ISBN 979-11-278-7665-4 04830
ISBN 979-11-278-7658-6 (세트)

값 10,000원

*이 책의 한국어판 저작권은 KADOKAWA CORPORATION과의 독점 계약으로
(주)디앤씨미디어에 있습니다.
저작권법에 의해 한국 내에서 보호를 받는 저작물이므로 무단전재와 복제를 금합니다.

*잘못된 책은 구매처에 문의하십시오.

히카루가 죽은 여름

소설 2권

집필 준비 중

©Mokumokuren 2023 / KADOKAWA CORPORATION

히카루가 죽은 여름 1~4권

모쿠모쿠렌 만화 | 송재희 옮김

어떤 마을에 사는 소년, 요시키와 히카루.
동갑인 두 사람은 줄곧 함께 자랐다.

그러나 어느 날, 히카루인 줄 알았던 것이
다른 「무언가」로 바뀌어 있음을 요시키는 확신한다.
그렇더라도, 함께 있고 싶어.
친구의 모습을 한 「무언가」와 보내는, 평소와 다름없는 나날이 시작된다.
동시에 마을에서는 괴상한 사건이 일어나는데ㅡ.